U0133392

薛忆沩

著

Shenzheners

深圳人

华东师范大学出版社

· 上海 ·

图书在版编目(CIP)数据

深圳人/薛忆沩著. —上海：华东师范大学出版社，2023
ISBN 978－7－5760－4268－9

Ⅰ.①深… Ⅱ.①薛… Ⅲ.①短篇小说-小说集-中国-
当代 Ⅳ.①I247.7

中国国家版本馆 CIP 数据核字(2023)第 206026 号

深圳人

著　　者　薛忆沩
策划编辑　王　焰
责任编辑　朱华华
责任校对　刘伟敏
装帧设计　卢晓红

出版发行　华东师范大学出版社
社　　址　上海市中山北路 3663 号　邮编 200062
网　　址　www.ecnupress.com.cn
电　　话　021－60821666　行政传真 021－62572105
客服电话　021－62865537　门市(邮购)电话 021－62869887
地　　址　上海市中山北路 3663 号华东师范大学校内先锋路口
网　　店　http://hdsdcbs.tmall.com

印 刷 者　上海中华商务联合印刷有限公司
开　　本　787 毫米×1092 毫米　1/32
印　　张　9
字　　数　140 千字
版　　次　2023 年 12 月第 1 版
印　　次　2023 年 12 月第 1 次
书　　号　ISBN 978－7－5760－4268－9
定　　价　58.00 元

出 版 人　王　焰

(如发现本版图书有印订质量问题，请寄回本社客服中心调换或电话 021－62865537 联系)

本社出版的薛忆沩其他作品

长篇小说

《空巢》

《希拉里、密和、我》

《遗弃》

中短篇小说集

《首战告捷》

《十二月三十一日》

文学随笔

《与马可·波罗同行——读〈看不见的城市〉》

《献给孤独的挽歌》

《伟大的抑郁》

《异域的迷宫》

创作访谈集

《薛忆沩对话薛忆沩》

《以文学的名义》

目 录

2023 年版序

如果你正好来到第五大道和四十二街的交汇处,西南角那座如同希腊神庙的古典建筑肯定会吸引你的注意。你甚至有可能会感觉眼熟,因为它经常在一些好莱坞的影片里出现。接着,你兴奋地走进去……你没有看到著名的影星,只看到了普通的读者。曼哈顿是人类商业繁荣的象征,矗立在它正中心的却是一座没有丝毫商业气息的公立图书馆。许多像你这样的匆匆过客对此都极为费解。如果你没有因此而放慢脚步,就像居住在当地的普通读者,你很快就会来到宽敞又典雅的借阅大厅。震撼之余,你瞥见前台供读者查询馆藏的电脑。"如归"的喜悦油然而生:你在键盘上敲出那个中国作家的名字,你的眼前再一次浮现出"深圳人"的身影。

你在位于伦敦市中心的大英图书馆里玩过同样的游戏,得到的是同样的结果。你在悉尼、奥克兰、旧金山、温哥华、多伦多、魁北克等地的公立图书馆里玩过同样的游戏,得到的也是同样的结果。这同样的结果总是向你提出同样的问题:一部从深圳出发、在上海结集的中国短篇小说怎么能够在地球上走这么远?

这是可以通过阅读找到答案的问题。这是只能通过阅读找到答案的问题。

在阅读的尽头，你固执地相信，"深圳人"的十年只是一个开始，一个理所当然的开始……对文学本身来说，这种信念无疑是一种巨大的安慰；对作者本人来说，这种信念无疑是一种巨大的激励。

薛忆沩

2023 年 6 月 2 日于蒙特利尔

2017 年版序

2013年初，在"深圳人"系列小说准备结集出版的前夕，我对小说集的书名仍然犹豫不决。我在《深圳人》和《出租车司机》之间犹豫。我在"深圳人"系列小说受英语文学的影响和它对中国文学的影响之间犹豫。最后，"虚荣心"帮助我做出了决定。因为短篇小说《出租车司机》是小说集里最为中国读者熟悉和喜爱的作品，加上它也是小说集里最早完成和唯一完成于深圳及中国的作品，我最后决定用"出租车司机"做小说集的书名，而让"深圳人"屈居副标题之中。小说集出版之后获得的关注和赞誉多少也是对这个选择的肯定。

我完全没有想到这部小说集会成为自己第一部跨越母语边界的作品。2015年春天，当出版商第一次与我讨论小说集英语译本出版计划的时候，我首先想到的就是"正名"：为了强调作品与英语文学经典 Dubliners（《都柏林人》）之间的联系，我建议改用 Shenzheners（《深圳人》）做它的书名。一段神奇的文学之旅就这样开始了。借助与精致的原作遥相呼应的翻译，Shenzheners 将"中国最年轻的城市"带到了地球的另外一侧。

这是我的第一个英语译本。它于2016年9月9日在加拿大正式出版发行。它包括了原作中的九篇作品（《同居者》《女秘书》和《文盲》这三篇作品因为整体篇幅上的考虑被排除在外）。在随后短短半年多的时间里，这部短篇小说集不仅在新的语言环境中获得了可观的声誉和可喜的销量，还在蒙特利尔的国际文学节上获了奖。它也很快激起了加拿大另外一种官方语言的热情关注，由一位迷恋深圳又痴情文字的知名作家翻译的法语译本将在今年年底上市。而最让我感动的是，在这短短半年多的时间里，我多次在住处附近的街边被热心的读者拦住：他们与我细致地讨论起了"深圳人"的性格和命运，他们对我笔下那些小人物的遭遇充满了理解和同情。这是我在这部作品的母语世界里都没有过的经历。

通过这部短篇小说集，越来越多的英语读者不仅熟悉了"Shenzheners"这样一个在目前的任何一部英语词典里都还不存在的词，也认识或者说更加认识了"深圳"这座他们以前根本就不认识甚至根本就不知道的城市。中国的奇迹用文学的方式打开了一座又一座异域的迷宫……

在这样的文学背景之下，"深圳人"系列小说集在母语世界里的重现绝不是这部作品生命的简单延伸。它更是一种升华，一次新生。怀着对母语至深的眷恋，《深圳人》向母语世界里的读者发出了阅读的呼唤。它渴望着通过母语的激情获得用其他的方式无法获得的升华和新生。

这些年来，一直有人问我，我笔下的这些"深圳人"到底生活在哪里。我总是用小说《出租车司机》腰封上的那一句话来回答："几乎没有人是真正的深圳人，几乎所有人都是真正的'深圳人'。""深圳人"系列小说在英语世界里获得的认同正好证实了我的这种说法。而我相信，母语世界的读者对它新一轮的阅读会继续证实这种说法。

现在，就让我们开始这新一轮的阅读吧。

薛忆沩

2017 年 4 月 29 日于蒙特利尔

2013 年版序

关于这本小说集的发源地至少有三种说法：一种说法以其中最早完成的作品《出租车司机》的创作时间为准，称这本小说集发源于 1997 年的深圳；而另一种说法以作者最早见到的人物原型为准，将小说集的源头追溯到 1977 年的长沙。两年前，在《小贩》面世之后不久，我曾经在一篇文章里称它是"用 33 年时间写成的短篇小说"。我的理由是：早在 1977 年的秋天，小说的人物原型已经出现在我就读的长沙市第 21 中学的门口。第三种说法以"深圳人"系列小说这个念头正式产生的时间为准，小说集的发源地因此被锁定在 2005 年的蒙特利尔。那时候，我已经在异域的迷宫里生活了三年，正在做第一次回国探亲的准备。"深圳人"刺激了我的创作冲动。在启程之前，我用铅笔在废纸的反面完成了《物理老师》《女秘书》《同居者》和《小贩》四篇作品的初稿。我将这些密密麻麻的手稿塞进了已经是鼓鼓囊囊的背包里。

在深圳短暂停留期间，我曾经接受《晶报》的采访。在采访中，我首次提及了"深圳人"系列小说的创作构思，并且将《女秘书》交给报纸发表。"深圳人"系列小说从此正式进入读者的视野。不久，《物理老师》和《同居者》相继在《花城》杂志上发表，并立刻引起了一些评论家的关注。遗憾的是，在随后的五年时间里，因忙于为《南方周末》和《随笔》杂志写作读书专栏，同时又要应付蒙特利尔大学高强度的学习任务，再现"深圳人"的激情只好束之高阁。

2010年到香港城市大学访问期间有机会专注于写作，"深圳人"系列小说又重新激起了我的兴奋。我开始重写已经被一些评论家视为21世纪中国短篇小说"经典"之一的《出租车司机》，然后又重写了已经获得过许多好评的《同居者》和《女秘书》。这种重写让我发现了汉语的许多奥秘。它不仅为"深圳人"系列小说确定了更高的标准，也为我今后三年的全部写作提出了更高的要求。与此同时，我又修改完成了《小贩》《文盲》和《母亲》三篇作品，并且对系列小说中的其他作品也有了越来越清晰的想法。

《母亲》《小贩》以及《女秘书》重写版的相继发表和引起关注是这个系列小说创作过程中的转折点。在接下来的一年时间里，尽管因为长篇小说《白求恩的孩子们》发表过程的周折，"深圳人"也多次遭受了流产的危险，我却已经非常清楚，这个怀胎多年的系列小说将会在不久的将来顺产出世。

2012年初春,在经历了将近六个月殚精竭虑的写作苦行(包括重写《遗弃》)之后,《"村姑"》从我的大脑进入了我的电脑。这最边缘的"深圳人"向我发出了新一轮的召唤。紧接着,《文盲》在《收获》杂志上发表,《出租车司机》和《同居者》的重写版分别在《晶报》和《作家》杂志上发表,并且都引起了读者的热烈关注。这些刺激使完成"深圳人"系列小说成了我的燃眉之急。利用回国做新书推广活动之前的空隙,我夜以继日,勾勒出了最后几位"深圳人"的侧影。

七月初结束新书的推广活动回到蒙特利尔,我首先完成了《流动的房间》新版的准备工作,彻底重写了其中的大部分作品,《流动的房间》新版成为了我在2012年出版的第七本书。这项繁重的劳动将我的身体和精神都拖累到了极点。在这种极限的状况下,是"深圳人"引发的创作激情构筑了我脆弱生命中的中流砥柱:《剧作家》《父亲》《神童》和《两姐妹》纷至沓来。我怀着毕其功于一役的狂热,完成了"深圳人"系列小说的最后冲刺。

这时候,距离《出租车司机》在我心灵深处引起的那第一阵战栗已经过去整整十五年了……

昨天,就在我竭尽全力冲过终点的时刻,我的外婆在故乡长沙走到了她生命的尽头。这本小说集因此又带上了一个伤感和动人的标记。三个月前,当我最后一次坐在外婆身边的时候,她已经认不出我来了。但是,她仍然能够背诵几乎陪伴了她一生的《木兰辞》和《长恨歌》。还差三个星期就要满97岁生日的外婆是最平凡的"中国之最"。她留给了我无数的故事。她是我遇见过的最出色的叙述者。她的叙述是我文学创作不息的源泉。

在外婆的弥留之际,我关于我们最后一次见面的短文《生死之间的"桂姐"》通过《读者》杂志抵达了不计其数的读者手里。这是我为她送行的特殊方式。我敬畏外婆的意志力和生命力:她一直坚持到我完成了这有可能是无法完成的写作工程之后才停止自己的呼吸……她留给了我无数的故事。她的生命将通过那些故事永远留在我的写作里,留在我的生命里。

更为巧合的是,将近十二年前,我就是被《出租车司机》第一次带上《读者》杂志的。那是新世纪开始的一年。那一年,"深圳人"系列小说的开篇之作被从《新华文摘》到《读者》在内的"几乎所有选刊"选登。这是我个人写作生涯上的第一次"盛宴"。这从天而降的"盛宴"为我能够坚持十五年,最终完成"深圳人"系列小说，提供了持续的营养和虚荣。所以，这部小说集就以《出租车司机》来命名。

薛忆沩

2012 年 9 月 16 日于加拿大蒙特利尔

母 亲

突然，我决定不去送他了。他对我的决定没有什么特别的反应。我只是说我有点累。他好像想说什么，最后又什么也没有说。他的手提包是我五年前送给他的生日礼物。他从拆开包装的那一天起就一直在使用着它。可是，他从来没有说过是不是喜欢它。他的话总是那样的少。他从来没有说过是不是喜欢我为他买的任何东西，就像他从来没有说过他是不是喜欢我一样。他将一叠皱巴巴的文件塞进手提包里，好像想说什么，最后又什么也没有说。然后，他拍了拍两侧的裤口袋，确认自己没有忘记钱包和证件。这是他出门前的标志性动作。然后，他冲着我们儿子的房间喊道："要认真做好作业啊。"刚才我们的儿子悄悄地问我，他是不是可以跟我们一起去检查站。当我告诉他我自己都不会去的时候，他显得有点吃惊。接着，我又提醒他，他的数学作业还没有做完呢。我的提醒令这个孩子非常沮丧。他低着头回到自己的房间里去了。昨天他的家庭教师告诉我，尽管已经做过不少的练习，这个孩子还是不太熟悉将无限循环小数转化为分数的步骤。

他关防盗门的时候还是像平常那样非常用力。多年以来，那种金属碰撞出来的声音就像他稀少的言辞一样并没有激起我的反感。可是上星期他离开的时候,我好像是第一次听到了那种激烈的碰撞。那种多年来我已经习以为常的声音突然变得让我难以忍受,无法忍受。在去检查站的路上,我一句话也没有说。我甚至没有说:"你一路上小心一点。"或者"小心你的钱包。"这是每次分手的时候我都会说的最后一句话。但是,那种碰撞的噪音依然在我的耳边回荡。对它的反感压抑着我的情绪。我什么也不想说。我什么也没有说。在检查站的入口,他照例说:"你回去吧。"他的话让我有一种如释重负的感觉。我转背就走了,什么话也没有说。我记得以前在我们分手以后,我总是回过头去看他。他的个子不高,很快就会淹没在熙熙攘攘的人群里。但是我还是回过头去。我相信我能够看见他。我也相信他能够看见我在看着他。我记得很清楚,以前我总是这样的。可是最近这几次分手之后,我不再回头去看他了。我不记得这种改变究竟是从哪一天开始的。它来得非常自然,非常平和,一开始甚至都没有引起我自己的注意。最近这几次分手之后,我马上就往回走。在拥挤的通道里,我偶尔会去留心一下迎面而来的其他人,比如那些兴致勃勃的外国人或者那些无所事事的小商贩。但是,我不再回过头去目送着他走远了。我非常不安,急着回家去看管我们的儿子。我不希望他在电视机前坐得太久。我希望他的作业做得非常认真。

我们在楼层的电梯间分手。他对我突然的决定没有什么特别的反应。像上星期一样，我也没有说我过去肯定会说的最后那句话。我过去提醒他小心他的钱包是因为他在过关的时候真的丢过一次钱包。他用了将近半年的时间才从那次丢失的阴影中挣脱出来。他非常难受不是因为他丢掉了夹在钱包里的那些重要的证件，而是因为钱包里有一张我们的儿子三岁生日那天拍的照片。那是他最喜欢的照片。他担心得到了他的钱包的人会粗暴地对待那张照片，对着它冷笑或者将它撕碎扔掉。在他看来，那就像是对我们的儿子的虐待。他用了将近半年的时间才摆脱了对那种虐待的想象。

谈论起我们的儿子，他总是说他"小时候"是如何如何地好。这种说法通常不是对过去的夸奖，而是对现在的不满或者批评。我不知道他的这种固执的怀旧说明他不在乎这个孩子的成长，还是太在乎这个孩子的成长。这个孩子长大以后，他们之间没有一次称得上是"交流"的谈话。我奇怪刚才我们的儿子为什么会突然提出来去送他。他已经十二岁了。他以前从来没有提出过这样的要求。这么多年了,这个孩子通常只是在周末才能够见到他。他更像是定期来访的客人,而不是命中注定的父亲。见面的时候,他有时候会问及我们的儿子最近有没有考试或者考试的成绩怎么样。但是,他好像从来没有期待过他的回答。那些一成不变的问题好像只是社交场合下的应酬。我们的儿子对他甚至都没有敬畏和恐惧,因为他感觉不到他对他的责任和管束。所有的亲戚朋友都说他是一个好父亲。所有的亲戚朋友也都说他是一个好丈夫。因为他总是在星期五晚上从边境的那一边回来。他回家以后总是带我们去很好的餐馆吃饭。在餐馆里,我们的儿子总是靠近我坐着。我有时候会利用这个机会在他父亲面前抱怨一下他在过去的一个星期里学习不够认真或者电视看得太多。他的反应总是一成不变:他会盯着我们的儿子看一下,然后心不在焉地批评说:"那怎么可以呢?!"或者"那不可以!"我觉得他好像是在盯着自己的一个下属,而不是自己的儿子。我们的儿子通常什么话都不说。但是,他偶尔也会抱怨一下,比如抱怨餐馆的菜还不如我在家里做的好吃。这个孩子根本就不愿意出来吃饭,我知道。他不想错过了令他着迷的那个电视节目。

从电梯间回到家里，我直接走近客厅的窗口，茫然地朝楼下张望。被楼群环抱着的空地里总是有来来往往的行人和出出进进的汽车。我看见他快步走向了一辆出租车。许多年了，他回来又离开，我对这种单调和冷漠的节奏已经没有什么感觉。可是刚才，我突然决定不去送他了。我只是说我有点累。其实我并不累。我只是不愿意与他一起坐在出租车里，或者更准确地说，我只是不愿意与他坐在一起，什么都不说，而且什么都不想说。所以，我突然决定不去送他了。我感觉有些迷茫，有点空虚。我将边境移近到了家门口。我在家门口的电梯间里与他分手。刚才，他像往常一样，用力地关上了防盗门。金属猛烈的碰撞令我极为反感。这种反感将我这一段时间以来对生活的厌倦推上了新的高度。我从来没有想到过自己竟会如此地厌倦生活。

　　突然，我们儿子的尖叫声惊动了我。他尖叫说他的父亲已经坐进了一辆出租车。我没有想到这个孩子也正在从他房间的窗口眺望楼下的空地。一阵内疚的痉挛穿过我的大脑。我不知道他刚才为什么会突然提出那样的要求。也许我应该同意他去送他的父亲？也许我应该与他一起去送他的父亲？

我提醒他抓紧时间赶快做好数学作业。但是我并没有去检查他是不是已经回到了他的书桌旁边。我不愿意离开窗口。我盼望着那辆出租车尽快开走，马上腾开我的视野。我又感觉到了身体里充满期待的骚动。只有这种骚动能够帮我摆脱压抑的阴影。像以往一样，我用窗帘轻轻地遮掩着自己的脸，好像是怕"他"看见了我，好像根本没有出现过刚刚过去的那个星期四。也许他还从来没有看见过我，我羞涩地想。也许他永远也不会看见我，我绝望地想。

　　我仍然能够从窗帘上呼吸到灰尘的气息。我一直不愿意将这窗帘拆下来，洗干净，因为这种气息让我回想起自己已经布满灰尘的青春，因为这种气息与他的身影连在一起。每次看到他走过来，我的青春就会羞涩地重现。那种绝望的羞涩令我疲惫的胸脯鼓胀起来，令我窒息。我在不久前小区举办的中秋晚会上第一次看见他。他正蹲下身，与他的女儿一起想猜出最后的那个灯谜，那个谁都猜不出的灯谜。他的手温情地搭在小姑娘的肩膀上。他的脸几乎贴着她的脸。他在微笑，她在思考。我从来没有在任何人的脸上看见过那么迷人的微笑。我从来没有看见过那么迷人的微笑衬托着的那么迷人的嘴唇。我好像找到了丢失多年的期待。早已经离我远去的羞涩突然又回到了我的生活之中。它猛烈地抓住了我，牢牢地抓住了我。我感到极度虚弱。我不知道我是怎样穿过人群，穿过灯光，穿过喧闹，最后回到自己清冷漆黑的卧室里的。我倒在床上，双手交叉在胸前，迷惘地搓揉着自己依然饱满的乳房。我感觉到温热的眼泪已经漫入了我的耳道。我感觉到自己正在遭受着岁月的强暴。

那是我的第一个中秋节。从那一天起，我就开始这样相信。那是我见证的第一次"圆满"。从那一天起，我总是想看见他。那是我经历的最激烈的思念。我希望每天都是中秋节。每天黄昏，我都会走近窗口，躲在散发着淡淡灰尘气息的窗帘后面，眺望楼下的空地。甚至在我丈夫回家的日子里，我也不情愿错过这种令我心跳的眺望。我总是能够在来来往往的行人中辨认出他的身影。他的手总是搭在他女儿的肩膀上。他们总是在说话。他们好像有说不完的话。我很想听见他们的交谈。我很想与他们的声音和话题擦肩而过。我很想加入他们的交谈。我甚至想象有一天他们会突然谈论起我，让我作为一个话题进入他们的世界。

八天后的那个夜晚，我终于鼓足了勇气。我决定向他们走去。我不知道他们每天散步的路线。但是，刚走出公寓大楼，一股神奇的热浪向我袭来，让我立刻就获悉了他们的方位。我很快就看见了他们。可我不敢迎面朝他们走去。我只是跟在他们的身后。他的背影很自然地唤醒了我身体深处那种绝望的羞涩。它令我的胸脯鼓胀起来，它令我窒息。我几次需要停下来，调整自己的呼吸。最后，我实在忍受不了那种窒息了。我完全停了下来，充满遗憾地目送着他们走远。然后，我深深地呼吸了一口闷热的空气。然后，我转过身去，开始朝远离他们的方向走。我用最温柔的声音安慰自己。我安慰自己说我选择这相反的方向其实是为了向他们走近。可是，这种"走近"以及这种"安慰"很快也让我不堪忍受了。我不想再那样欺骗自己。我知道自己离他们已经越来越远。但是，我没有勇气转过身，去重新跟在他们的身后。我继续朝远离他们的方向走。不过，我的步伐越来越慢。我好像在走向大海的深处……噪音的大海。我的呼吸越来越困难。我很快就感觉不到那令我窒息的羞涩了。我能够感觉到的只有绝望的战栗。我绝望地想，我们相聚的地方不可能在这座真实的城市里，永远也不可能。但是我同时又肯定我们能够在一座看不见的城市里相聚。在那里，我会朝他走过去,他会朝我走过来。在那里,他会注意到我对他的注意。在那里,我要让他惊叹我的存在和我的诱惑。在那里,我要与他一起享受重现的青春。

我绝望地回到家里的时候已经是"第二天"了。我们的儿子已经睡熟。我好像是刚从太空旅行归来,感觉疲惫又漂浮。我没有冲凉就躺下了。我的身体上弥漫着另一个星球的气息,弥漫着太空的气息。我想永远保存住这种气息,用我的身体,用我的记忆。这也许不是为了他而是为了我自己。这种气息让我感到"我自己"。我不知道我的丈夫是否来过电话。那是我第一次不在乎他是否来过电话(我从此也没有再在乎过他是否来过电话)。可是,我同时又对电话铃声产生了最天真的期待,难以忍受的期待。我期待着突然响起的一阵电话铃声能够驱散潜伏在这黑夜深处的遗憾和绝望。那一定是他打来的电话……从另一个星球打来的电话。我幻想他已经注意到了我对他的注意。我幻想他会从我的目光里破译出通向我生命的捷径。我幻想他会从另一个星球延伸过来,延伸到我这个羞涩的角落。我幻想他会让我听见他的呼吸,让我听见我自己的呼吸,让我们的呼吸水乳交融。

我不知道自己是什么时候睡着的。当我被一阵电话铃声惊醒的时候,热烈的阳光正聚集在我枕头旁边的空枕头上。我没有马上想起昨天晚上的经历,没有马上想起我在太空中的漂游。我也没有马上想起我在遗憾和绝望的深夜对他的电话的期待。我用最平常的心情拿起话筒。掉在枕头旁的那几根头发让我有点不安。

来电话的是我中学时代的那位同学。也许应该说是我的初恋情人?!不过,我们那种特殊的交往刚刚开始就被他的母亲发现,并且遭到了她粗暴的反对。她做了许多让我和我父母难堪至极的事情之后,将她温顺的儿子转去了另一所学校。我们从此没有再见过面。尽管如此,我还是一下子就辨认出了他的声音。

我对这声音没有任何的好奇。我甚至都有马上挂断电话的冲动。但是,我听得出他很激动。"差不多都快二十年了。"他激动地说。

"是吗?"我无精打采地说。

"你好像觉得没有那么久。"

"我根本就没有'去'觉得。"我还是无精打采地说。

"我觉得比那还要久。"

我捡起枕头旁的那几根头发,在右手的食指和拇指之间搓动。

"我觉得比那还要久。"他又重复了一遍刚说的话。

这时候,我突然又闻到了另一个星球的气息。昨天晚上我在太空的漂游以及我对电话铃声的期待突然又清晰地浮现在我的感觉里。

"那时候的感觉真好。"他激动地说。

"什么感觉?"我问。

"你忘记了吗?"他激动地问。

"没有。"我说,"我记得我什么感觉都没有。"

我的回答并没有打消对方交谈的兴致。他开始讲述他的生活。他说他生活得不幸福。他说这么多年来,他只有在想起我的时候才会感到幸福。我几次打断他,我说我不想听他的生活,我说我对别人的生活没有兴趣。但是,每次他又很快将话题接上,继续他的讲述。他说他的妻子对他不错,但是他还是觉得生活不幸福。他又说他的孩子很出色,但是他还是觉得生活不幸福。最后,我很不耐烦地告诉他,我正在等我丈夫的电话。我希望我的"告诉"能够将他彻底打断。

　　他果然又被打断了。但是,他并没有被彻底打断。沉默了一阵之后,他又启动了一轮新的话题。他说这些年来他一直在寻找我。他问我想不想知道这种寻找的艰难以及最后他怎样才找到了我的电话号码。他的声音充满了对我的回应的渴望。

　　"我什么都不想知道。"我冷冷地说完,将电话挂断。

　　我只想知道那个星球的情况。我只想看见他。我只想有一天能够与他擦肩而过。如果我对他的注意不足以吸引他,我要用一声长长的叹息引起他的注意。也许需要很多次,很多次的擦肩而过,很多次长长的叹息,他才会停下来。我想象他将手从他女儿的肩膀上移开,停下来好奇地问我为什么会发出那样的叹息。我要怎么回答呢?我说我不幸福?所有人都说我很幸福。我有一个好丈夫。他在边境的另一边工作。他很辛苦。他养活我们。他周末回来总是带我们去很好的餐馆。我抱怨儿子的时候,他总是站在我的一边。他会责备他说:"那怎么可以呢?!"或者"那不可以!"也许这不能说是幸福。也许我真的不幸福。但是,我不会回答说我不幸福。我不想用我自己生活的"不完美"去损害他给我带来的完美的感觉。我也许会回答说:"是因为你。"这是坦率的回答，还是隐晦的回答？我不知道。但是我知道，当我这样说的时候，羞涩会再一次缓缓地浸没我的身体，浸透我的身体。我也许真的会勇敢地说，我之所以发出那长长的叹息是因为你，完全"是因为你"。

可是我从来没有走近过他。我没有勇气那样做。我只敢用观望和期待来靠近他的身影。我有时候也会去想象他身边的女人或者想象他身边是不是有一个女人。那个女孩是我儿子的同学。他有几次提到过她。他说她的父亲是大学里的经济学教授。他说她的爷爷是一个有名的将军。我可以从这些信息去想象他的世界，想象他的世界离我的有多么遥远。我不奇怪那天深夜出现的那种太空的气息。我不恐惧那种太空的气息。我不抗拒那种太空的气息。我无法抗拒那种太空的气息。我渴望着他有一天会停下来，在我面前停下来……我渴望着他停下来向我显现那来自另一个星球的传奇。

我之所以突然决定不去送我儿子的父亲，是因为怕错过了这来自另一个星球的传奇。他已经连续四天没有出现了。我仍然在期待着，期待着我的羞涩，期待着他的重现。我最后一次看见那个女孩是在星期四的下午。从菜市场回来的路上，我注意到一辆搬家公司的大卡车正停在他们的楼下，而那个女孩就站在大卡车的旁边。我不敢停下来，向围观者打听一下发生了什么事情。我急匆匆地跑回家。我紧张地躲在窗帘的后面，打量着这个我毫无心理准备的场面。很快，我看到一辆小车开过来，停到了那个女孩的身旁。然后，车门被里面的人推开，那个女孩钻了进去。然后……我用窗帘捂住了酸楚的鼻孔。我受不了这突如其来的虐待。我的视野一片模糊。我能够感觉到淹没在我的泪水中的小车缓缓开动了。紧接着，搬家公司的大卡车也缓缓开动了……

我一直站在那里，就好像是站在生命的终点。我不敢去想象接下来的夜晚会怎样的凄凉。我不敢去想象"明天"。我一直站在那里直到我们的儿子开门进来。他急匆匆地跑到了我的身旁，气喘吁吁地说："我们同学家出事了。"他好像知道我清楚他正在谈论他的哪位同学。

"出什么事了？"我绝望地问。

他说他不知道。他茫然地看着我，好像对我红肿的双眼充满了歉意。"老师只是说她家里出事了。"他说，"她马上就会要搬走了。"

"她已经搬走了。"我面无表情地告诉我的儿子。对我来说，是"他"已经搬走了。我永远也不可能再从这带给了我那么多期待的窗口，从这窥探过我深藏的羞涩的窗口看见他的身影了。我只能去那座想象中的城市，去那里寻找，漫无目的地寻找。我相信总有一天，我迷惘的叹息会像诱饵一样钩住他的嗅觉。他会停下来。他会将手轻轻地搭在我的肩膀上。他会用指尖清晰又虚幻的暗示将我带进一间温馨的房间里，带到一块紫色的床单上。他会用语言和抚慰令我羞涩。然后，他会用他神奇的雄威戳穿我的羞涩，令我满足，令我陶醉，令我精疲力尽。

我的手紧紧地拽住窗帘。我还能够感觉到星期四的黄昏留在那上面的泪水的温度。

我的儿子从他的房间里走了出来。"我看见他上了出租车。"他无精打采地说。

"我也看见了。"我说着，对他微笑了一下，又马上将脸侧向了窗外。

我的儿子挤到我的身旁，踮着脚从我的角度朝楼下张望了一下。"你总是在这里看他吗?"他认真地问。

他的问题令我非常紧张。"看谁?"我不安地问。

我的儿子好像没有听到我的问题。"你为什么不让我去送他?"他接着问。

"因为你要做作业。"我回答说。我仍然很想知道他前面那个问题中的"他"是谁。

"那你为什么不去送他?"他接着问。

我怀疑这个孩子已经知道了我心中的秘密。一阵极度的内疚朝我袭来。我蹲下身去,将他紧紧地搂到怀里。

他温情地将脸贴在我的脸上。但是突然,他又将脸移开。他认真地看着我,问我是不是喜欢他的父亲。

我更加不知所措。"当然。"我回答说。

我的儿子又将脸贴到了我的脸上。

"你呢?"我接着问。

"我不知道。"他说,"有时候我喜欢他。有时候……我不知道。"

可是我想知道。我想知道他的生活中到底发生了什么事情……

他在将近零点的时候才打来电话。通常的电话要早得多。通常他会在抵达香港的住地之后不久就打来电话,这是他多年以来的习惯。"你忘了提醒我……"他在电话里说,好像是在责备,又好像是在开玩笑。

"提醒什么?"我有些慌张地问。他的在意令我大吃一惊。

他没有回答我的问题。他好像也已经知道了我心中的秘密。"你忘了。"他说,"这两次你都忘了。"

我不知道应该怎样来为自己辩解。我一直认为他没有注意到我最近的改变。

"结果我的钱包又丢了。"他继续说。听得出来,这真是他对我的责备。

"怎么回事?"我紧张地问。

"我怎么知道这是怎么回事?!"他平静地说,"我怎么会知道?!"

这三天以来,我一直在想他家里到底发生了什么事。我在想,搬家的那一天为什么他没有出现。我在想,那个女孩是被谁接走的,又去了哪里。我在想为什么他会突然从我的视野中消失,从我的羞涩中消失,从我的生活中消失……我不知道他的生活中到底发生了什么事情,会让他这样突然,这样粗暴地从我的生活中消失。

小 贩

甚至在求解一元一次方程的时候,我都会想起他。他总是戴着那一顶瓜皮帽。在这个连冬天都几乎没有人戴帽子的城市里,他的帽子是一种令人迷惘的标志。中午放学的时候,会有许多学生涌到他的跟前。他紧张地用身体护住那两只化纤口袋。那里面分装着他赖以生存的两种商品:爆米花和糯米条。班上成绩最差的那几个同学将后一种商品称为"电棒"。

　　上语文课的时候,我没有分心。但是,我不愿意站起来朗读课文。我用不着顾忌自己普通话的发音(我总是分不清边音和鼻音),因为我的大多数同学以及我们的老师在发音上的问题比我的要严重得多。我们的老师甚至有元音上的问题。她会将复合元音/ou/发成单元音/u/。这样,当她说"扣子在裤子上"的时候,听起来就像是说"裤子在裤子上"。局部("扣子")被整体("裤子")代替了。这种替代正好是修辞学里的提喻(以局部代替整体)的反例,我在做梦的时候都觉得这个反例非常有趣。

　　我们早已经习惯或者容忍了彼此的口音,为什么我还要为自己分不清鼻音和边音而内疚呢? 河"南"(/nan/)当然不是荷"兰"(/lan/)。我心里非常明白它们地理位置上的距离以及在其他许多方面的差异,虽然我将它们都发成/helan/,无法从语音上将它们分开。我真的没有顾忌自己的发音。我不愿意站起来朗读是因为我不喜欢这一篇课文。这篇著名的课文曾经让两代中国人心潮澎湃，可是，它不合我的胃口。我的反感情绪从预习阶段一直延续到学期的结束。但是在课堂上，我真的一点也没有分心。我紧跟着朗读者的节奏，仔细体会她有点夸张的顿挫。她声音的魅力冲散了课文本身引起的反感。她吐出来的每一个字音（甚至那些最暴力的字音）都是对我身体温馨的点击，都能够愉悦我的神经。

她是班上成绩最好的学生。她也是班上唯一不会讲广东话的学生。我坐在她的后面，相隔着两排座位。她吐出来的那些翩翩起舞的字音令我几次忍不住将视线从书本上移开，投向她挺拔的后背。我不敢在她的臀部和颈背上停留太久。对那两个部位的注视让我感到一种强烈又陌生的羞愧。我的视线最后停留在她的头部，或者准确点说，是停留在她的发夹上。那发夹的形状好像是两只叠在一起的蝴蝶。我嫉妒那两只蝴蝶。为什么我不是其中的一只？我开始想象在她的发丛中扇动翅翼的感觉。我突然感到了一阵难以形容的亢奋。我写下了一张纸条，想在下课的时候塞给她。我的纸条上写着："你就是我最可爱的人。"

我以为她全神贯注的朗读会引起同学们的哄笑。我不愿意她蒙受羞辱。我甚至不愿意她感觉尴尬。这篇课文对美国士兵的描述与我们在好莱坞大片里看到的相去甚远。在我们看到的大片里，美国人总是战场上的英雄。如果一个死去的士兵手里还紧握着一个"弹体上沾满脑浆"的手榴弹，那他一定是美国兵。而与他同归于尽，被他的手榴弹敲得"脑浆迸裂"的士兵则归属于德国、越南或者伊拉克；如果一个死去的士兵嘴里还衔着"半块耳朵"，那"半块耳朵"在我们看到的大片里不太可能是一个美国人身体上的组成部分。我担心班上的同学们会哄笑起来。但是他们没有。他们非常安静。他们似乎都被朗读者的声音迷住了。他们似乎都在认真地倾听。在我的想象中，那两只叠在一起的蝴蝶正在她的发丛中尽情地分享着生活的奥秘。

下课的时候，班上成绩最差的那几个同学为谁是意大利足球甲级联赛中"最可爱的人"而争吵起来。他们中间最执着的两个最后竟突然扭打在一起，就好像是在示范刚才分析过的著名课文里的搏斗场面。这突如其来的暴力令其他的几个同学极为兴奋。他们用广东话不停地大叫"咬掉他的耳朵"，"咬掉他的耳朵"……这句话里面的每一个音都跟它们在普通话里的发音相去甚远,听起来极为风趣。我不知道他们究竟是在为谁助威,是在鼓励谁咬掉谁的耳朵。而那两个扭打在一起的同学很快就被这激情的助威逗乐了。他们停下手,从地上爬起来。他们中的一个抬起双手,摸了摸自己的两只耳朵。接着,这一群成绩最差的同学追打着跑出校门,一起拥到了小贩的跟前。

小贩已经与他们交手过多次了。他紧张的身体显得更加紧张。他用两条腿紧紧盘住跟前的那两只化纤口袋。他的双手交叉在胸前,右手掌紧紧地护住胸部。他收到的钱都集中在上衣内侧贴胸的口袋里了。他必须紧紧地护住那个部位。

像从前一样,那几个同学默契地分成两组,分别站在小贩的两侧。两个刚才扭打在一起的对手现在是同一个小组里的战友。他们负责分散小贩的注意力。他们说要买一点爆米花。他们顽皮地问小贩是不是设有"最低消费"。小贩一开始没有理睬他们。但是,当他们重复了他们的问题之后,小贩有点恼火了。他警告他们不要妨碍他做生意,他说他不会再上他们的当。小贩与这一组同学纠缠的时候,另一组同学成功地偷走了几只"电棒"。恼怒的小贩意识到自己还是上了当。他兀地站起来,敏捷地攥住一个偷"电棒"的同学的衣领。原来纠缠着他的那一组同学趁他注意力的转移，迅速行动，用提前准备好的塑料袋手忙脚乱地装了三袋爆米花，然后迅速跑远了。小贩注意到了他们的行动，却没有松开他攥住的那个同学。他只是转过脸去，冲着远处大声嚷嚷："当年美国鬼子都没有逃出我的手心，我看你们往哪里跑。"那一组同学没有在意他的叫嚷。他们在学校围墙的拐弯处停下来，躲在那里，乐不可支地将一把把的爆米花塞进嘴里。

另外这一组的几个同学想把小贩的手掰开，却怎么也掰不开。被小贩攥住衣领的同学自己也在全力挣扎。他几次抬脚去踢小贩的身体，都被小贩躲了过去。但是，他有一脚正好踢翻了小贩装爆米花的化纤口袋。撒满一地的爆米花让小贩怒不可遏。他猛地一用力，几乎将被他攥住衣领的同学摔倒在地。正在这时候，那个从不远处的小树底下捡起了半块砖头的同学跑过来，用砖头在小贩的额头上狠狠敲了一下。鲜血顿时从伤口里涌冒出来，并且迅速盖住了小贩的半边脸。小贩的手终于松开了。他同时用两只手捂住额头上的伤口。趁这个机会，这一组同学马上也都迅速跑远了。刚才被小贩攥住衣领的那个同学在跑开之前还踢翻了小贩的另外一只化纤口袋。

小贩强睁着没有被鲜血蒙住的那只眼睛望着那几个跑远的同学。他气愤到了极点，又气馁到了极点。看着他的腮帮子在激烈地抽搐，我的心也凄凉地颤动了一下。我伤感地跟踪着他的动作：他背过身去，靠近身后的那一排围栏，手忙脚乱地解开裤子的前方开口，用力挤出了几滴深黄色的尿。他窝起左手，接住那几滴尿，将它拍打到额头的伤口上。然后，他又手忙脚乱地将裤子扣好，并在裤腿上擦干左手。他又朝那一组同学跑远的方向望去。"当年美国鬼子都没有逃出我的手心，我看你们往哪里跑。"他低声重复了一遍刚才大声嚷嚷的话。他的方言与我母亲的方言非常接近。这熟悉的方言让我感觉更加难受。

我很想走过去帮他收拾起他赖以生存的爆米花和糯米条。但是我不敢。我怕那些挑衅他的同学们第二天会笑话我。我真的不敢。我看着小贩自己将糯米条收捡起来，吹去上面的灰尘，将它们放回到化纤口袋里。我看着他沮丧地望着撒满一地的爆米花，似乎也想将它们捧回到口袋里。但是，他最后还是放弃了。他将两只口袋系紧，然后用一根细绳将两只口袋系在一起。

他提起两只瘪瘪的口袋,用细绳将它们架到肩上,就像他来的时候一样。他又摸了一下额头。血已经完全止住了,但是,伤口显然还有点痛。这隐痛似乎并没有撒在地上的爆米花更让小贩难受。他沮丧地看了地面一眼,有点犹豫不决地走开了。可是,没有走出几步,他又折了回来,在撒了一地的爆米花上狠狠地踩了几脚。然后,他快步朝黄贝岭方向走去。

那正好是我回家的路。我跟在他的身后。我很想知道他住在哪里,他的家在哪里。我不知道他是否知道刚才在语文课上我们学习过的那篇也提到了"美国鬼子"的课文。他的脊椎骨弯曲得十分明显。但是,他走路的速度相当快,跟上他的步伐并不容易。我突然想知道,在我这样的年纪,他的生活是什么样子。他是不是也要做作业,他是不是也要参加各种各样的竞赛。我甚至想知道,他是不是结过婚,是不是有过孩子。我觉得自己突然幼稚了许多,因为我的问题越来越多。我甚至想知道他是不是也有过爸爸妈妈。我甚至想知道,他爸爸妈妈将他抱在手上的时候,是不是想到过他今天的遭遇。他嚷嚷的"当年美国鬼子都没有逃出我的手心"究竟是什么意思?如果他真的参加过那场著名的战争,他就应该知道那篇著名的课文。也许他就是一个"最可爱的人"呢?! 也许他也咬下过一个美国士兵的"半块耳朵"呢?! 如果真是这样,那辉煌的过去对他又意味着什么? 如果不是刚才受辱的经历,他也许永远都不会向人们或者说向他自己提起那辉煌的过去。我想知道他是怎样与记忆相处的。我想知道他又是怎样变成了一个小贩。

他一直没有减慢速度。他走得很快。我有点跟不上他了。我们之间的距离越来越大。但是,我看见他突然停了下来。接着,他大步往回走。我不知道发生了什么事。也许我不应该去想象他那辉煌的过去。也许是我的想象令他突然决定转身朝我这边走来。很快,我看见三个穿着浅灰色制服的年轻人追上了他。他与他们发生了激烈的争执。他极力想护住他的那两只瘪瘪的化纤口袋。但是,他又一次失败了。个子最矮的那个年轻人夺走他的口袋。另外的两个年轻人将他推到路边的那一排围栏上。其中的一个用真正的电棒顶住了他的鼻子。

我慢慢地走向他们。我发现小贩并没有在意他眼前的两个年轻人,而是踮着脚,在吃力地跟踪着另外那个年轻人的动作。事实上,他是在盯着他的那两只化纤口袋。"那是我用来活命的东西啊。"我听见他绝望地喊道。

"你这样的人就不应该活命。"我听见手持电棒的那个年轻人这样说。

那个夺走小贩口袋的年轻人走到了一个垃圾桶旁边。他用小刀划破口袋,将小贩"用来活命的东西"狠狠地倒进垃圾桶里,然后又往里面吐了三口痰。接着,他又将两只化纤口袋也狠狠地塞进了垃圾桶里。

小贩激动地跟踪着他的一举一动,好像是怕错过了脆弱的转机。但是当看到那个年轻人吐出那三口痰的时候,他终于将视线收了回来。他伤心地摇起了头。他的身体顺着身后的围栏滑下去,滑到了地上。

那个年轻人跑过来,在围住小贩的两个同事的肩膀上拍了一下。三个年轻人说说笑笑走开了。

小贩在地上坐了一阵。然后,他好像从一场噩梦中惊醒过来一样,茫然地打量了一下四周。然后,他慢慢地站了起来。他看了看自己的手,好像它们变成了多余的东西。他慢慢地走到垃圾桶跟前。他慢慢地扯出一只口袋,看了看上面被划破的口子,又将它慢慢地塞进了垃圾桶里。他朝那三个年轻人走远的方向望了一眼。他的目光让我感到恐惧,又让我感到空虚。

　　整个春季学期过得都非常无聊。班上有三个同学先后出国去了。他们都去了英国。其中那个成绩最好的同学去了诺丁汉。有一天,一个同学收到了她寄回来的一张照片。她的头发已经披散开了,披在肩上。我想她也许不再用那个令我浮想联翩的发夹了。那两只叠在一起的蝴蝶变成了我的记忆,它们尽情的分享变成了我的记忆,生活的奥秘变成了我的记忆。整个春季学期都很无聊。甚至在解不等式的时候我都会想起那个小贩来。我相信他已经死了。像那几个穿浅灰色制服的年轻人所说的那样,他也许根本就不应该活着。我想知道,他死的样子与我们死的样子是不是一样。我觉得自己越来越幼稚了。我甚至觉得,在死的时候,小贩额头上的那一道伤痕可能还在隐隐作痛。

　　秋季开学的时候,小贩又回来了。他仍然戴着那顶瓜皮帽。他好像感觉不到天气的炎热和变化。每天中午放学的时候,总是有许多的同学拥到他的跟前。他的重现没有给我带来任何的惊喜。我第一天看见他的时候甚至还非常生气。我觉得他不应该用"重现"来否定我的"相信"。我相信他已经死了。我宁愿每天都"想起"他,而不是每天都"看见"他。我越来越不关心周围的世界了。我迷上了物理学中五彩缤纷的"假说"。我希望自己生活在一个光速不再是极限速度的世界里。我希望时间的倒流能够让我的想象变得更加自由,更加放荡。

物理老师

结果,她总是想起关于"理想的女人"的那一种说法。她的"西方美学史"的老师说,一个"理想的女人"应该经历过一次轻率的初恋,一次枯燥的婚姻以及一次通常与婚姻并存的放纵的爱情。也就是说,一个"理想的女人"一生至少应该经历三个质地不同的男人。

那是她在大学四年级为了补足学分偶然选修的一门课。她像所有同学一样,知道那位看上去很迂腐的老师是文化界的一个名人。他在当地的报纸上有一个议论时事的专栏。他有一种能够将"大"事化"小"的天赋。国际政治中的纠纷被他谈论起来就好像是夫妻间的积怨;贸易或者文化的交流在他的文章里就好像是不尽如人意的性生活。她对他的那种"天赋"毫无兴趣。她只是因为听说那门课的考勤很松,考试不难,才最后决定选修了它。

那位老师没有在课堂上谈论"理想的女人"。在课堂上,他激情地谈论柏拉图、黑格尔、桑塔雅那和克罗齐。他说,历史上最出名的美学理论都出自男人。他是在课间的闲聊中谈论起"理想的女人"的。她记得他靠在过道的墙上,他的身旁围满了欢快的女学生。她记得他将"一次"表达得非常奇特:好像他经历过不止一次婚姻，不止一次爱情，甚至不止一次初恋。同学们都知道那位老师有一个非常漂亮的妻子。他很顺从她，或者说他很怕她。这与他在课堂上关于他是"美的奴隶"的说法完全一致。他说，世界上只有一种奴役是正义的和善的，那就是美的奴役。他说，人生最大的幸福就是成为"美的奴隶"。听到他自杀身亡的消息的时候，她已经毕业两年了。她记得那是在圣诞节的前一天。她记得告诉她那个消息的同学同时提供了关于那位老师自杀原因的四种毫不相关的说法。

她当时听到他关于"理想的女人"的说法就觉得非常刺耳。她早就有点后悔选修了那门课。听到关于"理想的女人"的说法，她就更加反感自己的选择。她不愿意成为那样一种"理想的女人"。她更不愿意相信有那样经历的女人是"理想的女人"。她记得当时就有一个同学反对这种"定义"。他说，世界上不存在这种"理想的女人"。他说，如果存在这种"理想的女人"的话，那意味着世界上就不存在"理想的"男人，因为根据这个定义，一个"理想的"女人需要三个男人。他认为，这个定义充满了对男性的歧视。

也许正是"西方美学史"的老师关于"理想的女人"的说法让

她对爱情和婚姻都产生了反感。她相信自己永远也不会对男人发生兴趣。教师这种神圣的职业更强化了她对低级趣味的蔑视。她经常庆幸自己在青春期即将结束的时候就已经做出了一生中最合理的选择。作为一所知名度不高的中学的物理老师，她的课享有很高的知名度。

可是，八年的兢兢业业突然令她对她的职业有点厌倦了。她也突然辞掉了所有在校外兼任的课程。她突然不想自己太累。她突然愿意在临睡前翻一下那本书页枯黑的《西方美学史》，而不是第二天的教案。那本过时的《西方美学史》上还存留着她青春期的笔迹。每次翻开它，她就会想起那位看上去很迂腐的老师关于"理想的女人"的说法。她仍然觉得那种说法有点刺耳。她永远也没有想到很多年以后，自己会用一种很平和的口气将那种说法转述给另一个人听。

听她转述那种说法的人是她的一个学生。那个身体非常强壮的孩子有着极为脆弱的心灵。他的眼睛里闪动着固执的懦弱。他在她有点厌倦了教学的那一年转到她的班上来。他马上就引起了她的注意，因为他对物理有超凡的直觉。这直觉是她自己从来就不具备的。更特别的是，他的兴趣并不在物理。他酷爱文学。他幻想成为名垂青史的诗人。他说他不太知道自己怎么会有那样的幻想。也许是因为叶芝的那首诗吧，他说，叶芝的《驶向拜占庭》令他对"不朽"充满了渴望。他如痴如狂地阅读世界各国的诗歌。他对许多诗人的生平和轶事如数家珍。

有一天黄昏，他给她打电话，说想跟她谈一谈。他特别提到他想跟她谈一下法拉第定理。她同意他晚上来她的公寓房间里。他准时敲响了她的门。谈话开始的时候，他们都显得有点拘谨。但是很快，他们就都放松了。她抱怨了一下楼上那一家人搓麻将的声音。而他说他住的地方上下左右整天都有人在搓麻将，他却没有什么感觉。他说他对外在的噪音没有什么感觉。她发现自己一点也没有将他当成是一个学生。她也注意到他来找她的目的根本就不是谈法拉第定理。他好像没有目的。她几乎没有开口。她专注于他语速很快的表述。他有时候会语无伦次。他的思想里充满了激烈的转折和巨幅的跳跃。她不熟悉他的绝大多数话题。他谈到奥登关于澳门的小诗。他谈到斯坦因在巴黎的公寓。他谈到茨维塔耶娃的流亡和自杀。她从来没有想象过自己平庸的房间能够容纳下如此陌生和驳杂的话题。这些话题好像推开了她心灵中一道虚掩的门。这些话题好像触动了她对生活的期待。她开始好奇地打量着眼前情绪激动的说话者。她一点也没有将他当成是自己的学生。当她的倾听被她父亲从南京打来的电话打断的时候，她皱起了眉头。她的父亲问她正在做什么。她说她正在与一位"朋友"聊天。

　　一个星期之后，她的这位学生给她写来了一封短信。他感谢她将他当成朋友，他感谢她对他们关系的定位。而她居然不记得她是怎样定位的了。他说她的定位取缔了他们之间空间上的距离，也让时间停止或者说失去了意义。他说他将蜷缩在停顿的时间里观看语言或者沉默的灵光。他附在短信后面的诗作是这样结束的：

　　　　黑夜的河流上

　　　　词是战栗的星光

　　　　生命的桨

　　　　溅起意义的哀叹

　　　　就好像时间

　　　　是即将降临的灾难

这是她第一次收到他的信。她一点也没有奇怪自己会收到这样一封信。因为那一天她自己也进到了同一条"黑夜的河流"之中。她也有许多奇妙的感觉。那一天，他们在诗的幻觉中度过了将近四个小时的时间。他走后，她很平静地收拾了一下房间。他刚才用过的茶杯让她好像又看到了他嘴唇的翕动。她感到一阵揪心的羞涩。在他滔滔不绝地谈论那些诗人和诗作的过程中，她一度完全盯住了他的嘴唇，它们的张合不仅充满了浓厚的诗意，还散发出淡淡的性感。她将茶杯放下。她有点不知所措。她觉得有点疲劳。她冲洗完之后，坐到床上。她仍然有点不知所措。她不想阅读了。她只想躺下。可是，在她伸手准备关灯的一刹那，她突然听到有人在敲门。

她感到一阵揪心的羞涩。她羞涩地倾听。那阵迷惘的敲门声却又突然消失了。她轻轻地叹了一口气。她突然觉得自己舒适的房间里似乎有点空。她第一次这么觉得。她关灯躺下了。她的思想很混乱。或者说她完全不能够思想了。她只能够感觉到自己的感觉。她感觉到自己的身体就像是一条黑夜中的河流。她感觉到一只迷茫的小船在星光粼粼的河面上漂荡。她感觉到了双桨悠闲的划动。她感觉到了桨撞击水面的忧郁，如在夜色中飘荡的哀叹。她抹去胸脯上突然冒出的那一层薄薄的汗渍。她向着无边的黑夜低声追问:"我老了吗? 我老了吗? 我老了吗?"

她又开始期待着上课的时刻了。可是,她上课的时候已经不仅仅在教授物理。她开始在意她的那位学生的表情和反应。她花了很长的时间去准备法拉第定理。她希望能够通过他罕见的求知欲进入他丰富的内心。她甚至希望他能够注意和满意她的穿着和她的身体语言。她会有一点自卑,觉得自己很像是一个拙劣的演员,一味想讨好观众的趣味。

有一天,她发现他整节课都望着窗外。她内疚极了,不知道是不是自己出了什么错。她很想在下课之后去问他,问他究竟是为什么。但是,她又非常害怕,害怕她的关心会让他不安,会惊扰他像诗一样纯净的心灵。她知道他的心灵有多么的脆弱。她甚至不敢邀请他再去她的公寓。她怕他不愿意……或者怕他愿意。那个在她的头脑中不断重现的夜晚让她有点恐惧。她有点恐惧"战栗的星光"。她有点恐惧"意义的哀叹"。她有点恐惧那夜晚的重现。但是,她必须为他做点什么。因为接下来的一个星期,他总是那样望着窗外。他的表情也总是那样迷惘,他的目光也总是那样阴暗。她想让他高兴起来，就像在那个充满诗意的夜晚。

　　就在她还没有想清楚怎样才能够让他高兴起来的时候，他又敲响了她的房门。他说他从那里路过，他问他可不可以进来坐一坐。她开始有点尴尬，因为她刚刚换上了睡衣。但是她压抑不住内心的兴奋。她让他进来。他还是坐在上次坐的地方。不过，这一次他是一言不发地坐在那里。她想激起他谈话的兴致。她想他像上次那样滔滔不绝。她问他最近又读了什么有意思的书。他一动不动地坐着，什么都没有说。她又问他是否写了自己满意的诗作。他还是一动不动地坐着，什么也没有说。她非常想问他上课的时候为什么总是望着窗外。她非常想问，却没有问。她突然想起她星期天在书店见到的那本斯坦因的短篇小说集。她说她读不懂那个叛逆的女作家写的那些小说。他还是一动不动地坐着，什么也没有说。她找不到能够让他激动起来的话题，非常泄气。正在这个时刻，她突然瞥见了书架上的那本《西方美学史》。她突然想起了她的那位美学老师。她谈起了他。她描述他的神态，她讲叙他的生活。最后，她提到有一次在课间，他靠在过道的墙上，谈论起了"理想的女人"。她注意到这个词组好像触动了他的神经。她注意到他的脸上终于出现了"表情"……但是,那是非常痛苦的表情。他抬起一直低着的头,表情痛苦地看着她。这好像是从坐下之后,他第一次抬头看着她。她觉得有点不自在。她觉得她的睡衣好像会被他的目光撩开。她将双手合抱在胸前。突然,她发现他的眼眶已经湿润了。接着,他抽泣起来。她不知所措。她知道他有比她自己丰富得多的感觉。她知道他的敏感会放大或者缩小任何一个词的词义,将他引向其他人难以体会的孤独和绝望。但是,她不知道他为什么会突然抽泣起来。她马上解释说她一直觉得她的那位美学老师的说法非常刺耳。她说她不愿意做那种"理想的女人"。她说她瞧不起那种"理想的女人"。她的解释令他的抽泣变得更加急迫。

她不知所措。她慢慢走到他的身旁。她突然觉得他就像是一个心灵受伤的孩子。她想轻轻地抱住他,让他冲动的头轻轻地靠在她的胸脯上,让他安静下来。她犹豫了一下,没有这样做。她怕她的疼爱会让他感觉更受伤害。她伸出右手,想将它轻轻放在他的肩膀上。她没有想到他会冲动地将它推开。她更没有想到他接着还会冲动地站起来,冲出去。

她不知所措。她感到了一阵来自身体深处的酸楚。她用右手捂住鼻子。她内疚地走到窗口。她隐隐约约能够看到他在小雨中跑远的身体。内疚让她的心脏撕痛。她责备自己不应该伸手去碰他。她责备自己不应该提及她的美学老师关于"理想的女人"的那种说法。

她在床上躺下的时候,突然觉得自己在一刹那间已经经历了"理想的女人"一生中的两个重要阶段。她轻率的初恋结束了。她放纵的爱情也夭折了。而她清楚地知道那枯燥的婚姻也永远不可能开始了。因此,她永远也不可能成为一个"理想的女人"。她依然感觉到自己在黑夜中颤动的身体就像是一条河流。可是,那一只迷茫的小船突然间就变成了一片枯叶。它完全屈从她身体微微地颤动。它完全没有关于时间的记忆。它那样轻,那样轻。她听不清楚它荡漾在水面上的耳语。

第二天,一个看上去很年轻的女人在她的办公室里等她。她长得非常漂亮,那种咄咄逼人的漂亮。她说她想跟她谈谈。"你们的事我全知道了。"她说。

"'你们'?"她迷惑不解地问。

"你和我的儿子。"那个女人说。

她有点吃惊。她没有想到他会有如此年轻的母亲。她甚至觉得她比她自己还要年轻。她也没有想到他会有如此漂亮的母亲。她不知道那种咄咄逼人的漂亮对他脆弱的心灵来说是幸还是不幸。"我们的什么事?"她有点不满地问。

"他全跟我说了。"那个女人说，"你不应该那样对待他。"

"哪样对待他?"她迷惑不解地问。

那个女人用刻毒的目光看着她。她好像想回答这个问题，但马上又改变了主意。她用刻毒的目光看着她。"他还是一个孩子。"她非常严肃地说。

她不知道他跟他的母亲说了一些什么。"我觉得你可能是误解了……"她说。

"你应该给他讲定理，而不是讲诗歌。"那个女人打断了她的话说。

"是他给我讲诗歌。"她辩解说，"他一心想成为一个不朽的诗人。"

那个女人仍然是用刻毒的目光看着她。可是突然，她好像变成了一个另外的人。她脸上的盛气完全被沉重的忧愁覆盖了。"我一直以为他还是一个孩子。"她用颤抖的声音说。

"他一心想成为一个不朽的诗人。"她说,"这正好说明他还是一个孩子。"

"可是你让他失去了……"那个女人用颤抖的声音说。

她不想再说什么了。她还能再说什么?!

"他昨天很晚才回家,"那个女人说,"他全身都湿透了。"

她又感到了来自身体深处的酸楚。但是,她不想让那个女人看出她的不安。

"他现在还在发着高烧。"那个女人说,"医生说……"

她强忍住自己的不安。她不想再说什么。

"我问他去了哪里。他什么也不肯说。可是我猜得到。我猜得到他去了哪里。"那个女人说,"两个星期前他就告诉过我,他爱上了一个人。而且,他告诉了我他爱上的那个人是谁。"

她感到了那片漂浮在水面上的枯叶急促的颤动。好像是有一阵来自黑夜深处的风……她将脸侧到一边。她看见两棵枯树和一片灰蒙蒙的天空。"我不希望他再见到你。"她最后听见那个女人冷冷地说。那声音好像来自很远的地方,好像来自那灰蒙蒙的天空。

他退学的理由是要随父母移民去新西兰。圣诞节的时候,她收到了他从奥克兰寄来的一封信。他说他无意中与母亲谈起了她。他告诉了母亲他对她的感觉。他没有想到他的母亲竟会发那么大的脾气。那是他第一次看见她发那么大的脾气。她说那是最肮脏的感觉。她说她替他感到羞愧。她说如果他继续那样下去，她就宁愿死在他的面前。他极度沮丧。他没有想到自己美好的感觉会遭遇到母亲如此强烈的反应。这似乎是对他那一段时间在课堂上总是望着窗外的解释。但是，他没有解释那天晚上，当她谈及美学老师关于"理想的女人"的那种说法的时候，他的那种激烈的反应。

新学期开始后的第二个星期，她又收到了他的一封信。他称那是他给她写的"最后一封信"。在这"最后一封信"里，他似乎想解释那天他抽泣着冲出去的原因。他说，按照她的美学老师的说法，他的母亲就是一个"理想的女人"。他知道他身边的很多人对她都有不好的看法，他的一位表舅甚至说她是世界上最脏最坏的女人。但是，他非常爱她，非常非常爱她。他说对母亲的爱将是他一生的精神支柱。她在他生命中的地位是任何人也无法取代的。

但是，他又说，他的母亲其实非常复杂，她的一些经历他自己也不能够很好地理解。当然,这种不理解丝毫不会损害他对她的爱。他还说,他现在已经放弃诗歌创作了。"与一个理想的女人相比,所有的诗歌都是肤浅的。"他最后这样写道。这似乎就是他放弃诗歌创作的理由。他说他想回到科学之中,回到理性的思维之中。他说他不会再给她写信了。他说他想三年以后能够进入医学院学习。他说他想将来成为一位名扬四海的外科医生。

出租车司机

出租车司机将车开进公司的停车场。他发现他的车位已经被人占用了。他没有去留心那辆车的车牌。他看到北面那一排有一个空位。他将车开过去,停好。出租车司机从车里面钻出来,他环顾了一下四周。然后,他走到车的尾部,把车的后盖打开,把那只装有一些零散东西的背包拿出来。接着,他又把车的后盖轻轻盖上。他轻轻说了一句什么,并且在车的后盖上轻轻拍了两下。然后,他抬起头来。有一滴雨正好滴落到他的脸上。

出租车司机平时遇到有人占用了他的车位,一定会清楚地记下那辆车的车牌。他会在下一次出车的时候,呼叫开那辆车的同事,"你他妈怎么回事?!"他会恶狠狠地骂。但是刚才出租车司机没有去留心那辆车的车牌。他走进值班室,将车钥匙交给正在值班的那个老头儿。老头儿胆怯地看了出租车司机一眼,马上又侧过脸去,好像怕出租车司机看到了他的表情。出租车司机迟疑了一下,然后用手轻轻拍了拍老头的肩膀。老头儿顿时激动起来。他用颤抖的声音说:"她们真可怜啊。"

出租车司机好像没有听到老头儿说的话。他很平静地转身,走了出去。但是,老头儿大声叫住了他。他停下来。他回过头去。

老头儿从值班室的窗口探出头，大叫着说："经理让你星期四来办手续。"

"知道了。"出租车司机低声回答说，好像是在自言自语。

雨没有能够落下来。空气显得十分沉闷。出租车司机沿着贯穿整个城市的那条马路朝他住处的方向走。现在高峰期还没有过去，马路上的车还很多。不少的车都打开了远光灯，显得非常刺眼。

出租车司机横过两条马路，走进了全市最大的那家意大利薄饼店。刚才就是在这家薄饼店的门口，那个女人坐进了他的出租车。这时候，整个薄饼店里只有两个顾客。在这座热闹的城市里，意大利薄饼店总是冷冷清清的。这正是出租车司机此刻需要的环境。此刻他需要宁静。

出租车司机要了一个大号的可乐和一个他女儿最爱吃的那种海鲜口味的薄饼。在点要这种薄饼的时候，出租车司机的眼眶突然湿了。服务员提醒了三次，他才意识到自己还没有付钱。他匆匆忙忙把钱递过去，并且有点激动地说："对不起。"

出租车司机在靠窗边的一张桌子旁坐下。他的女儿有时候就坐在他的对面。她总是在薄饼刚送上来的时候急急忙忙去咬一口,烫得自己倒抽一口冷气。然后,她会翻动一下自己小小的眼睛,不好意思地笑一笑。从这个位置,出租车司机可以看到繁忙的街景,看到马路上川流不息的车队。这就是十五年来他生活于其中的环境。他熟悉这样的环境。每天他都开着出租车在这繁忙的街景中穿梭。他习惯了这样的环境。可是几天前他突然对这环境感到隔膜了。他突然不习惯了。刚才他没有去留意占用了他车位的那辆车的车牌。他对停车场的环境也感到隔膜了。出租车司机已经不需要去留心并且记下那辆车的车牌了,因为他不会再有下一次出车的安排。在他将车开进停车场之前,他已经送走了自己出租车司机生涯中的最后一批客人。整个黄昏,出租车司机一直都在担心马上就会下一场很大的雨。出租车的雨刮器坏了,如果遇上大雨,他就不得不提早结束这最后一天的工作。出租车司机不想提早结束这最后一天的工作。他也许还有点留恋他的职业,或者留恋陪伴了他这么多年的出租车? 出租车司机如愿以偿:他担心的雨并没有落下来。只是在停车场里,在他向出租车告别之后的一刹那,有一滴雨正好滴落到了他的脸上。

　　出租车司机擦去眼眶中的泪水。他深深地吸了一口可乐。

他好像又看见了那个表情沉重的女人。她坐进了出租车。他问她要去哪里。她要他一直往前开。出租车司机有点迷惑,他问那个女人到底要去哪里。她还是要他一直往前开。

出租车司机从后视镜里瞥了那个女人一眼。她的衣着很庄重,她的表情很沉重。她显然正在思考着什么事情。不一会儿,电话铃声响了。那个女人好像知道电话铃声会在那个时刻响起来。她很从容地从手提包里取出手提电话。她显然很不高兴电话铃声打断了她的思考。"是的,我已经知道了。"她对着手提电话说。出租车司机又从后视镜里瞥了她一眼。

"这有什么办法!"那个女人对着手提电话说。

出租车司机从这简单的回答里听出了她的伤感。

"也许只能这样。"那个女人对着手提电话说。

出租车司机注意到她将脸侧了过去,朝着窗外。

"我并不想这样。"那个女人对着手提电话说。

出租车司机有了一阵迷惘的好奇。他开始想象是一个什么样的人给他的乘客打来了这个让她伤感的电话。

"这不是你能够想象得出来的。"那个女人对着手提电话说。

是的,出租车司机想象不出来。他开始觉得那应该是一个男人。可是他马上又觉得,那也完全可能是一个女人。最后他甚至想,那也许是一个孩子呢? 这最后的想法让他的方向盘猛烈地晃动了一下。

"你完全错了。"那个女人对着手提电话说。

出租车司机想到了自己的女儿。一个星期以来,接听所有电话的时候,他都希望奇迹般地听到来自另外一个世界的童音。他不知道他的女儿还会不会给他打来电话,那个他绝望地想象着的电话。

"不会的。"那个女人对着手提电话说。

出租车司机迷惑不解地瞥了一眼后视镜。他注意到了那个女人很性感的头发。

"你不会明白的。"那个女人对着手提电话说。

出租车司机减慢了车速,他担心那个女人因为接听电话而错过了目的地。

"这是多余的担心。"那个女人对着手提电话说。

她果断的声音让出租车司机觉得非常难受。他很想打断她一下,问她到底要去哪里。

"我会告诉你的。"那个女人对着手提电话说。她显然有点厌倦了说话。她极不耐烦地向打来电话的人道别。然后,她很从容地将手提电话放回到手提包里。她看了一下手表,又看了一眼出租车上的钟。她的表情还是那样沉重。"过了前面的路口找一个地方停下来。"她冷冷地说。

出租车司机如释重负。他猛地加大油门,愤怒地超过了一直拦在前面的那辆货柜车。

出租车刚停稳,那个女人就递过来一张一百元的钞票。然后,她推开车门,下车走了。出租车司机大喊了几声,说还要找钱给她。可是,那个女人没有停下来。她很性感的头发让出租车司机感到一阵罕见的孤独。

出租车司机本来把那个女人当成他的最后一批客人。几次从后视镜里打量她的时候,他都是这样想的。他想她就是他的最后一批客人。他很高兴自己出租车司机生涯中最后的客人用他只能听到一半的对话激起了他的想象和希望。可是,在他想叫住这最后的客人,将几乎与车费相当的钱找回给她的时候,另一对男女坐进了他的出租车。他们要去的地方正好离出租车公司的停车场不远。出租车司机犹豫了一下,但是他没有拒绝他们。

那一对男女很在意他们彼此之间的距离。出租车司机一开始就注意到了这一点。他还注意到了那个男人几次想开口说话，却都被那个女人冷漠的表情阻止。高峰期的交通非常混乱，有几个重要的路段都发生了交通事故。最严重的一起发生在市中心广场的西北角。出租车在那里被堵了很久。当它好不容易绕过了事故现场之后，那个男人终于冲破了那个女人冷漠的防线。"有时候，我会很留恋……"他含含糊糊地说。

"有时候?"女人生硬地说，"有什么好留恋的!"

女人的回应令男人激动起来。"真的。"他伤感地说，"一切都好像是假的。"

"真的怎么又好像是假的?!"女人的语气还是相当生硬。

马路还是非常拥堵，出租车的行进仍然相当艰难。出租车司机有了更多的悠闲。但是，他提醒自己不要总是去打量后视镜。他故意强迫自己去回想刚才的那个女人。他想那个打电话给她的人一定不是一个孩子，因为她的表情始终都那样沉重，她的语气始终都那样冷漠。这种想法让出租车司机有点气馁。一个星期以来，他一直在等待着来自另外一个世界的童音，那充满活力的童音。

后排的男人和女人仍然在艰难地进行着对话。男人的声音很纤细,女人的声音很生硬。

"我真的不懂为什么……"

"你从来都没有懂过。"

"其实……"

"其实就是这样,你永远也不会懂的。"

"难道就不能够再想一想别的办法了吗?"

"还能够再想什么别的办法呢?!"

因为男人的声音很纤细,这场对话始终没有转变成争吵。
这场对话也始终没有任何的进展,它总是被女人生硬的应答堵
截在男人好不容易找到的起点。"你不要以为……"男人最后很
激动地说,他显然还在试图推进这场无法推进的对话。

"我没有以为。"女人生硬地回应说,又一次截断了男人的
表达。

出租车司机将挡位推到空挡上,脚尖轻轻地踩住了刹车。
出租车在那一对男女说定的地点停稳。那个女人也递过来一张
一百元的纸币。出租车司机回头找钱给她的时候,发现她的脸
上布满了泪水。

出租车司机将一张纸巾递给他的女儿。"擦擦你的脸吧。"

他不大耐烦地说。大多数时候,她就坐在他的对面。她的脸上粘满了意大利薄饼的配料。出租车司机一直是一个很粗心的人。他从来就不怎么在意女儿的表情,甚至也不怎么在意女儿的存在。同样,他也从来不怎么在意妻子的表情以及妻子的存在。他很粗心。他从来没有想象过她们会"不"存在。可是,她们刹那间就不存在了。这生活中突然出现的空白令出租车司机突然发现了与她们一起分享的过去。一个星期以来,他沉浸在极深的悲痛和极深的回忆之中。他的世界突然失去了最本质的声音,突然变得难以忍受的安静。而他的思绪却好像再也无法安静下来了。他整夜整夜地失眠。那些长期被他忽略的生活中的细节突然变得栩栩如生。它们不断地冲撞他的感觉。他甚至没有勇气再走进自己的家门了。他害怕没有家人的"家"。他害怕无情的空白和安静会窒息他对过去的回忆。出租车司机一个星期以来突然变成了一个极为细心的人,往昔在他的心中以无微不至的方式重演。

出租车司机知道自己的这种精神状态非常危险。他向公司递交了辞职报告。一个星期以来,他总是看到自己的女儿和妻子。她们邀请他回到他们共同的过去。从前那种他不怎么在意的生活一下子变得有声有色了。他用细腻的回忆体会她们的表情和存在。他不想放过生活中的任何一个细节。当然,他不愿意看到她们突然出现在出租车的前面。她们惊恐万状的神情会令出租车司机措手不及。他会重重地踩下刹车。可是,那肯定为时已晚。出租车司机会痛苦莫及。他痛苦莫及。他误以为自己就是那不可饶恕的肇事者。他陷入了深深的自责。直到又有货柜车出现在他的视野之中,出租车司机才会重新被事故的真相触怒,将自己从自责的漩涡中解救出来。他会愤怒地加大油门,从任何一辆货柜车旁边愤怒地超过去。那辆运送图书的货柜车从他的女儿和妻子身上碾过的时候,出租车司机正在去广州的路上。雇他跑长途的客人很慷慨,付给了他一个前所未有的好价钱。

出租车司机在紊乱的思绪中吃完了意大利薄饼。他觉得自己的吃相与女儿的非常相像。他的妻子总是在一旁开心地取笑他们。出租车司机吸干净最后一点可乐之后,将纸杯里的冰块掏出来,在桌面上摆成一排。这是他女儿很喜欢玩的游戏。他不忍心去打量那一排冰块。他轻轻地闭上了眼睛。尽管如此,他仍然看到了女儿纤弱的手指在桌面上移动。那是毫无意义的移动。那又是充满意义的移动。出租车司机将脸侧过去。他睁开眼睛，茫然地张望着窗外繁忙的街景。这熟悉的街景突然变得如此陌生了，陌生得令他心酸。他过去十五年夜以继日的穿梭竟然没有在这街景中留下任何痕迹。

出租车司机清楚地知道自己不可能在如此陌生的城市里继续生活下去。他决定回到家乡去，去守护和陪伴他年迈的父亲和母亲。他相信只有在他们的身旁自己亢奋的思绪才可能安静下来。他离开他们已经十五年了。他的重现对他们来说也许更像是他的死而复生。他很高兴自己能够给他们带来那种奇迹般的享受。他甚至幻想十五年之后，他的女儿和妻子也会这样奇迹般地回到他的身边来。他决定回到自己的家乡去。他希望在那里能够找回他生活的意义和他需要的宁静。

最后的那两批客人给了出租车司机一点信心。他惊喜地发现自己对生活仍然还有一点好奇。他的听觉被极度的悲伤磨损了，却并没有失去最基本的功能。他还能够听到别人的声音，他还在好奇别人的声音。是的，他其实也听到了公司值班室的老头儿激动地说出来的那句话。他说："她们真可怜啊。"当时，出租车司机的身体颤抖了一下。但是，他没有做出任何反应。他很平静地转身，走出了值班室，好像没有听到老头儿揪心的叹惜。他害怕听到。他害怕他自己。他已经决定要告别自己熟悉的生活了。他要拒绝同情的挽留。星期四办完手续，他就不再是出租车司机了。他决定回到自己的家乡去，去守护和陪伴他年迈的父亲和母亲。

出租车司机将脸从陌生的街景上移开。前方不远处坐着的一对母女好像并没有引起他的注意。他盯着眼前的桌面。他发现刚才的那一排冰块已经全部融化了。他动情地抚摸着溶化在桌面上的冰水，好像是在抚摸缥缈的过去。突然，他的指尖碰到了他女儿的指尖。他立刻听到了她清脆的笑声。接着，他还听到了他妻子的提问，她问她为什么笑得那样开心。他们的女儿没有回答。她用娇嫩的指尖顶住了他的指尖，好像在邀请他跟她玩那个熟悉的游戏。他接受了她的邀请，也用指尖顶住了她的指尖。她的指尖被他顶着在冰水中慢慢地后退，一直退到了桌面的边沿。在最后的一刹那，出租车司机突然有大难临头的感觉。他想猛地抓住他女儿的小手，那活泼和淘气的小手。但是，他没有能够抓住。

出租车司机知道这是他最后的机会。他没有抓住。他也知道这是他与他女儿在这座城市的最后一次相遇和最后一次相处。他永远也不会再接触到这块桌面了。他永远也不会再回到这座城市里来了。对这座他突然感到陌生的城市来说，他已经随着他的女儿和妻子一起离去和消失了。这种"一起"的离去和消失让出租车司机感到了一阵他从来没有感到过的宁静，纯洁无比的宁静。这提前出现的神圣感觉使出租车司机激动得放声大哭起来。

女秘书

所以，她必须离开这座城市，这座突然变得粗暴的城市。但是，她完全没有想到自己最后会在路易斯安那州的一座小镇上安顿下来。她新买的房子建在一座椭圆形的小山丘上。从卧室的窗口，她既可以看到日出，又能够看到日落。她有一份稳定的工作。她有一个可靠的丈夫。在三十六岁那一年，她生下了一个活泼可爱的儿子。她现在唯一担心的是这个孩子长大以后也许不会用她自己的母语与她交流。

　　她是二十五岁那一年走进这座突然变得粗暴的城市的。那"完全"是一个偶然事件。她有很长一段时间一直这样想。儿子出生之后，她的体态和心态都发生了明显的变化。她的许多想法也随之改变。她不像从前那么绝对和武断了。她现在会想，她来到这座城市"好像"是一个偶然事件：有一天，她在大学里的一位同事与她谈起了这座兴建中的城市。他谈起有人托他为那里的一家公司物色一位英语翻译。他问她有没有合适的人可以推荐。她推荐了她自己。那家公司的老板与她进行了一次简短的电话交谈，他显然对她非常满意。而他为那个职位定下的待遇令她哑口无言。报到的时间在他们第二次更简短的电话交谈中确定了下来。

离开的前一天晚上,她在故乡熟悉的街道上漫无目的地骑车。她想象着远处的城市,憧憬着未来的生活。她很激动。多年以来,她一直想离开那座她从来没有离开过的城市。她在那座古老的城市里出生,又在那里度过了全部的学生时代,然后又在那里开始了自己的职业生涯。她从开始工作的第一天起就有一种很深的厌倦感。她不是厌倦工作本身,而是厌倦在一座自己从来没有离开过的城市里工作。

她在那座从来没有离开过的城市里甚至没有特别要好的朋友。她喜欢独处。独处的时候,她觉得自由,觉得充实。熙熙攘攘的人群反而会让她感觉孤独。这大概是她父亲的突然去世在她的生命中留下的痕迹。她的父亲死于一次车祸。那是一次毫无意义的出行。那"完全"是一个偶然事件,她一直都这么想。她永远也不会改变这种想法。那偶然事件几乎使她失去了生活下去的勇气。她爱她的父亲。她记得小时候,她父亲经常要去开批判会,批判别人或者被别人批判。出门之前,他总是将她抱在膝盖上,对她哼唱起她百听不厌的《志愿军军歌》。对她来说,那种亲密的场面是"亲密"这个词的全部的含义。她还记得,她的母亲好像很不喜欢她和她父亲之间的那种亲密,她会很不耐烦地催他赶快出门。她的父亲好像非常怕她的母亲,而她的母亲却从来都说事情其实正好相反。她不知道她父母的关系为什么那么紧张。她还没有来得及问这个问题,就发生了那场荒唐的车祸。父亲的突然去世几乎使她失去了生活下去的勇气。

每次想起父亲,她都会有一种对生命的强烈冲动。她特别羡慕她父亲年轻的时候有机会走得很远。是的,他曾经去过朝鲜。他在那里变成了知名的战地记者。他的许多报道曾经令当时的年轻人兴奋和激动。她的母亲就是那些年轻人中的一个(她当时还只是一个中学生)。她记得她母亲曾经说过自己关于那场战争的全部知识都来自她父亲的报道。她最开始觉得那是对她父亲的赞扬,后来她觉得那是对她父亲的抱怨。她不知道她的父母之间到底发生过什么事情。她爱她的父亲。这种爱让她无法理解她父母之间的关系。

她特别羡慕她父亲曾经有机会走得很远。她记得他有一次跟她解释"人生之旅"的逻辑。他说,目的地与终点其实经常是不一样的。他的很多说法对她来说都过于深奥。比如他说:"有时候,目的地比终点要近,有时候目的地比终点要远。"比如他又说:"没有目的地的人生可能有最远的目的地。"直到从父亲的遗体旁走过的时候,她才突然明白了父亲说过的许多话,包括在她决意报考英语系的时候,他说过的那一句让她非常迷惘的话。"英语曾经是敌人的语言,现在却成了朋友的语言。"她父亲说,"这就是生活:好像什么事都发生了,又好像什么事都没有发生。"

她也想有一个最远的目的地。她想用生命来行走,用一生来行走,走得很远,走得更远,走得最远。生活在那座她从来没有离开过的城市里,她深受恐惧的折磨。她总是担心自己会突然死去。死在一座从来没有离开过的城市里,在她看来,就好像是从来没有活过一样。所以,她选择了离开。离开的前一天晚上,她在故乡熟悉的街道上漫无目的地骑车。她想起她的父亲。她相信他的灵魂会欣喜地引导着她或者尾随着她。她相信他对"远方"本能的向往是对她的祝福和夸奖。

三天之后,她就在这座城市中心最高的那座大楼第二十五层的一间办公室里坐了下来。可是,新工作给她带来的激动很快就过去了,因为她很快就发现自己在公司里的身份其实并不是"翻译":她的工作看上去比"翻译"要简单,做起来却比"翻译"要复杂。她的老板向别人介绍她的时候,称她为"女秘书"。她从来就看不上"秘书"这种职业。她更不明白为什么要在"秘书"前面加上她明摆着的性别。是的,她慢慢习惯了自己的这种身份。不过,这新的身份却大大降低了她对这座新城市的幻觉和她对未来的憧憬。她开始觉得,虽然自己离开了那座从来没有离开过的城市,她却并没有走得很远。她的身体慢慢有点发胖了。她的英语渐渐有点荒疏了。她倒是很快学会了广东话。她开始用广东话与客户沟通的时候,她的老板对她大加赞赏,说她的语言能力极大地提高了公司的竞争力。她对这种赞赏不以为然。对语言,她有很强的等级观念:英语位于她的语言阶梯上的最高一级。但是,她并没有外露过自己对英语的崇拜和对自己英语水平下降的不安。她将英语变成了私人空间的一部分。那本《理智与情感》就放在她办公室的抽屉里。午餐之后很短的休息时间里,她会关起办公室的门,轻松地读几页她已经非常熟悉的文字。那通常是她一天之中最快乐的时光。那些文字有时候会将她带回到她的大学时代。那本精装的奥斯汀小说是她大学三年级时的外教送给她的生日礼物。同学们都以为那个来自布莱顿的英国青年喜欢上她了。但是后来,他却与她在班上最要好的朋友结了婚。这亲身的经历有时候让她觉得生活就像是一部情节矛盾的小说。

她在来到这座城市的最初几个月里经常收到朋友和学生们的来信。学生们在用英语写给她的信里用了一些她已经非常生疏的词语,这强化了她对自己英语水平下降的不安。学生们说大家都非常怀念她。她的英语语法课曾经是她任教的那所大学里最受学生欢迎的课程。同时,学生们又都说,所有的人都佩服她的能力和勇气。她辞去稳定的工作,只身去一座听起来像神话般突然拔地而起的城市里闯荡,这在她曾经任教的那所大学里引起了不小的波澜。

她很惭愧自己新的工作并不需要特别的能力和完全不需要任何的勇气。她的一部分工作是收信和回信,接电话和回电话,以及将来往公文分门别类等。她不喜欢工作的这一部分。而她更不喜欢工作的另一部分,因为她不喜欢应酬。她的老板每次与客户吃饭都要求她陪在一起,他说这属于她的工作。她不能拒绝,但是她很不喜欢。她不喜欢他们谈话的方式和他们谈话的内容。有一次,一个客户凑到她的跟前夸奖她的漂亮。她的老板在一旁谦让地说:"哪里哪里,你的那位更漂亮。"她觉得他们是在谈论各自的财产。她觉得那很无聊。

她觉得那很无聊。她离开餐桌，走到了舞台上。巨大的电视屏幕上正滚动着一首很流行的英语歌曲的歌词。她拿起了话筒。她的歌声惊动了在场的所有人。许多年以后，在焦急地等待着她丈夫从波士顿回来的那个黄昏，她突然意识到，是那天的歌声改变了她随后的生活。她有点后悔。她不应该那样草率地走上舞台。她不知道她为什么会那样草率。那一天，她的丈夫回来得比计划的晚了很多。他说机场附近的高速公路上出了车祸。他的车在那里堵了很久。

她当时并不认为那是一个草率的举动。在听到许多赞扬之后，她解释说，她的嗓音是从她母亲那里继承下来的。她马上就后悔提到了自己的母亲，因为她不想回答任何关于她的问题。她不想回答说，她的母亲受到她父亲从前线发回的那些报道的鼓舞，后来也参了军，在部队文工团里做歌唱演员；她不想回答说，她的父亲和母亲在一起生活得极不愉快。他们每天都会要争争吵吵，经常只是为了很小的事情；她不想回答说，她的母亲在她上大学一年级的时候终于与她父亲离婚，并且马上与她当年在部队的一位首长结婚，搬到另外一座城市去了……她不想回答任何关于她母亲的问题。

在她走下舞台之后的第二天晚上，她的老板邀请她单独去旋转餐厅吃饭。她极为疲劳，没有任何兴致，可是她没有拒绝，她不敢拒绝。她的老板照例让她点菜，他总是说他喜欢她点的菜。点完菜之后，她的老板突然非常严肃地谈起了自己的妻子。他说他越来越反感她了。她不想进入这样的话题。她将视线移开，盯着站在餐厅门口的那两个正在窃窃私语的服务员。可是她的老板坚持说下去。他说他的妻子没有什么品位。她很想提醒他说："你也没有什么品位啊。"但是她没有。她仍然盯着那两个服务员。她听见她的老板非常严肃地提到自己已经很久没有与妻子同过床了。她将视线移回来，发现老板的眼睛正直直地盯着她。她当时一点也不知道他为什么要跟自己提那样的事，还用眼睛直直地盯着她。她已经熟悉了公司的许多秘密，已经对自己的工作没有任何热情和敬意了，但是，她对他多少还有点尊重。这种尊重让她忽视了那句话的重要性。几个月之后，当她已经完全不再尊重他的时候，她才突然意识到了那是一句非常重要的话。它无疑是她在这座城市生活中的一个显眼的路标。

在接下来的那个周末，她的老板又邀请她单独去晚餐，他说他想跟她谈一谈最近的工作。她仍然没有任何兴致,但是仍然没有拒绝。很多年之后,她非常后悔自己的没有拒绝,因为刚刚开始上菜的时候,她的老板又提起了他的妻子。他说她从来就没有关心过他。他说他从来就没有喜欢过她。她对别人的家事真的没有任何兴趣。"你跟我说这些干什么?"她问,"这与工作有什么关系?"

"你还不知道吗?"她的老板眼睛直直地盯着她。

"我什么都不想知道。"她平静地说。

她的老板突然一把抓住了她的手。"我喜欢你啊!"他冲动地说,"这你应该知道。"

她将手抽回来。她想马上离开,但是犹豫了一下之后,她还是没有冲动地站起身来。她的老板接着不停地表白。她没有说一个字,也没有吃任何东西。他喝了很多的酒,最后根本就站不起来了。她搀着他走出餐馆。他激动地说他不想回家。他说他没有家。他说他要去办公室,办公室就是他的家。她非常不安。她从来没有那么晚去过办公室,但是她又很不放心,她多少还有点尊重的老板的状况。她叫住了一辆出租车。那辆出租车的司机不肯载送他们。他开始说他们会弄脏他的车,后来他又说他要去找他的妻子和女儿。她没有理睬他的解释，强行钻进了出租车。

在下车的时候，她塞给出租车司机一张整钱。她说不用找零钱了。她发现出租车司机的眼眶里含着泪水。他一路上一直都在说他的妻子和女儿已经两天没有回家了，他要去找她们。

她搀着她的老板走进大楼，走进电梯，走进办公室。她将她的老板扶到沙发上。他嘟噜着说他想喝点水。她给他倒了一杯水。他接过杯子，却只是轻轻地呷了一口。他下咽的动作显得非常痛苦。她蹲下去，茫然地看着他，不知道应该怎么办。突然，他大口大口地呕吐起来。他把所有的东西都吐到了她的身上。办公室里顿时弥漫着一股刺鼻的气味。

那是她第一次在办公室里过夜。她的老板在那个夜晚流下了许多的眼泪。他说他早就想跟他的妻子离婚了。他又说他们关系的破裂是他们自己的事，跟她没有任何关系，不需要她承担任何责任。但是他说，第一次在电话里听到她的声音，他就像遭受了电击一样。他知道自己总有一天会要成为她的俘虏。他还提到了她惊人的歌喉。他说她的歌声在一刹那之间就彻底地改变了他。他觉得自己应该开始一种新的生活，应该马上就开始一种新的生活。

那是一个失眠的夜晚。她想起了她的父亲。她在温热的夜色和浓烈的酒味中低声与他交谈。她与他谈论他的终点和目的地。她说也许他的那些战地报道就是他的目的地。可是,她的父亲说他从来就不满意自己的那些报道。他说与他见过的场面相比,他写出的场面就像是一杯白开水。她爱她的父亲。直到她三十六岁生下自己的孩子之后,她父亲在她心中的地位才被新的生命取代。在那个失眠的夜晚,她激动地肯定她的爱唯一地属于她的父亲。她发誓她要用全部的爱去爱他。当她的老板粗暴地闯入她的身体的时候,她就这样悄悄地发誓。

她从来没有敦促过她的老板与他的妻子离婚。她知道自己不可能成为他的妻子。准确地说,她不愿意成为他的妻子。她将与他在一起的私生活也简单地视为是她工作的一部分。因为工作量的增加,她觉得突然的加薪理所当然。可是,她在那个失眠的夜晚之后,就开始强烈地厌倦自己的处境了。她想离开,不仅离开这个公司,还离开这座城市。她甚至想离开她的祖国和她的母语。她拥有另外一种语言。这是她的资本。英语给她带来过虚荣,她肯定它也能给她带来实惠。她相信她能够在不同于母语的语言中找到自己热爱的生活。

她开始找出各种各样的理由避开络绎不绝的饭局。她想拥有属于自己的时间和空间。她想写下一点东西，写下自己的感受，就像在学生时代一样。她有了任性的资本和勇气。随她的老板去外地出差的时候，她经常以疲劳为理由，避开晚上的应酬。她独自躲在酒店的房间里，享受宁静的时光，享受与工作和老板的分离。只有在那一段自由的时间里，她不是"女秘书"。失去那种令她憎恶的身份，她觉得充实和富足。她好像有了最远的目的地。她懒散地坐在酒店房间的地毯上，写下自己的一些感受。有时候，她还写下自己与父亲的交谈。"我越来越不满意自己的生活了。"她这样告诉她已经故亡的父亲。她羡慕他年轻的时候走得很远。她说她也很想走得很远。她甚至想走得更远。

她有一天忘记将笔记本收好就倒在沙发上睡着了。她不知道她的老板是什么时候回到房间里来的。她被他粗暴地推醒的时候，一眼就注意到了自己的笔记本在他的手里。她伸手过去，想将笔记本拿回来。她完全没有想到，她的老板竟用笔记本在她的脸上狠狠地抽打了两下。她被这突如其来的粗暴激怒了。

但是,她马上就冷静下来。"把它还给我。"她冷静地说。他没有按照她说的做,而是气急败坏地将笔记本撕成了碎片。"我对你这么好,你还有什么不满意的吗?"她的老板气急败坏地说。说完,他将笔记本的碎片都扔进了抽水马桶里。

她强忍着眼泪。她提醒自己绝不能在一个自己已经不怀敬意的男人面前流下眼泪。

"他是谁?"她的老板揪住她的头发,吼叫着问。

她没有回答。她紧闭双眼,就像每次他趴在她身上的时候一样。她拒绝与他有目光的交流。她不想看见。她拒绝看见。

她的老板粗暴地摇晃着她的头。"你竟这么爱他。"他吼叫着说,"可是你从来没有说过你爱我。"他停顿了一下,然后突然尖叫着说:"你从来就没有爱过我。"

她知道她的老板只能够从她用英语记下的感受中辨认出几个简单的单词。但是,她不想解释。她不想告诉他,在笔记本里,她所"爱"的那个"你"是她的父亲。她什么话也没有说。她相信只有沉默能够帮助她消化这突如其来的粗暴。

她的老板将她粗暴地推到沙发上,然后粗暴地冲了出去。她过了很长一段时间才改变自己的姿势。她将头埋在手心里。

她的思想支离破碎。她想到了自己在这座突然变得粗暴的城市里度过的一些愉快的日子。她想到了自己阴暗的未来。她非常担心她自己。她不知道应该怎么办。零点左右,她又开始担心起她的老板来。她不知道他会不会出什么事。她甚至还有点责怪自己没有回答关于"他是谁"的问题。她又有了一个失眠的夜晚。

第二天清早,她的老板才被几个朋友送回来。他们说他昨天晚上又喝醉了。她让他们将他放倒到床上。她为他盖上了一块毛巾被。他睡了整整一天。她一直守在他的身旁。她的思想清晰了许多。她想等他一醒过来就马上告诉他,她想离开。她告诉了他。他说那绝对不可能。他说她的离开就等于是她对他的杀害。他说他会因此而先杀掉她。

一个星期之后,她离开了公司。她在碧波花园找到一套很小的公寓住下。她的老板没有因为她的离开而遭"杀害"。他也没有来寻找她,来"杀掉"她。

半年之后,她得到了美国的学生签证。临行之前,她回了一趟老家。她在父亲的墓碑上摆放了一枝玫瑰花。她还隐隐约约能够记起一些自己在笔记本里写下的话。她向他重复了她对他的思念和爱。她甚至有一种很奇怪的预感。她预感在远方,在未来,也有一场车祸在等待着她,将她送到生命的终点,让她与最爱的人相见。

但是,她完全没有想到自己最后会在路易斯安那州的一座小镇上安顿下来。她完全没有想到,自己会在三十六岁那一年生下一个活泼可爱的儿子。她完全没有想到,自己会如此强烈地希望这个孩子将来能够用她的母语向她提各种各样的问题,比如她有没有爸爸,比如她来自什么地方。

剧作家

每天上午十点二十分,他都会走到小区花园东端那一排大约两米高的松树前。甚至下大雨和刮台风的日子,他都不会错过。他会在那里站立大约十五分钟。他的头微微低着。他的手自然垂放在身体的两边。他轻轻地闭着眼睛。从他稍显痛苦的表情不难判断,他那不是在练功,而是在默祷。

邻居们都称他为"怪人"。而我觉得一个"怪"字并不足以概括他的"怪"。从看见他的第一眼起,我就这样觉得。我认为"特别"才是对他准确的概括。他不像是我们的邻居,他也好像不属于我们这座人员结构复杂的城市,他是我见过的最"特别"的人。

除了每天上午十点二十分的必然出现之外,他很少在小区里露面。而他偶尔的露面也给人留下矛盾的印象:一方面,他总是很主动又很友善地向邻居们点头致意,显得很随和;而另一方面,他却从不跟邻居们说话,也不会提供任何机会让邻居们能够跟他说上话,显得很孤傲。将近三年了,他一直都是这样。没有人知道他的来历。没有人知道他为什么会住在这里(而且是一个人住在这里)。也没有人知道他将来还会不会住在这里。

他的身份直到三个星期前才突然暴露。那一天,我在课间休息的时候随手翻起了不知是谁扔在教师休息室茶几上的一张报纸:那上面居然有一整版对他的专访。我对戏剧从来就没有什么兴趣,但是他那两部代表作的名字我却非常熟悉。根据专访前面的介绍,那两部戏剧还曾经被翻译到了日本、意大利和德国,由当地的著名导演执导,当地的著名演员出演,引起了观众的热烈反应。我不记得自己下面的那一节课是怎么上完的。离开教师休息室之后,我满脑子里只有一个想法,就是尽快回家,尽快让我的家人和邻居分享这意外的发现……我终于听到了下课的铃声……我终于在小区的门口冲下了公共汽车。我兴冲冲地跑向我看见的第一位邻居。他正在小超市旁边的水果摊上挑选芒果。我气喘吁吁地跑到了他的面前。奇怪的是,他对我的兴奋却一点也没有表现出诧异。我马上就意识到他已经知道了我跑近他的理由。我什么都不需要说了:我们整个小区这时候都已经知道了"怪人"的真实身份。

登在报纸上的那张照片应该是最近照的,因为那就是我们所熟悉的样子。剧作家孤傲地坐在一张转椅上,他的身后是占了一面墙的书架。我一眼就认出了我们学校的图书馆里也有的那本精装的《莎士比亚作品全集》(剧作家的头只要稍稍再往左侧一点就会挡住那书)。那是书架上唯一的英语书。它正好与剧作家长年都穿着的印有莎士比亚头像的 T 恤衫相呼应。在那件 T 恤衫上，在莎士比亚秃顶的正上方，还印有一句应该是出自莎士比亚戏剧的台词：No way but this。在临睡之前，我先是端详着那张拍得很专业的照片，然后又逐字逐句地重读了一遍信息量很大的专访。剧作家每天上午十点二十分站在那排松树前默祷的样子不断地在字里行间闪现。如果采访者是我们邻居中的一位，我肯定，专访的第一个问题就会锁定在这个特定的时间以及剧作家默祷的原因。

而报纸上的专访是从现在还不到五十岁的剧作家在三年前的那个秋天突然宣布退休的事件开始的。这样的切入无疑也很聪明，它既能让熟悉剧作家的读者们感兴趣又能吸引像我这种对剧作家毫不熟悉的读者。剧作家的回答简单又中肯。他说他的激情已经被生活中的戏剧耗尽了。记者显然很理解剧作家的这种说法，因为他接着就请剧作家谈一谈发生在他生活中的"那场悲剧"。剧作家显然不喜欢这个话题，他敷衍说他的生活中充满了悲剧。记者没有被他敷衍过去，他追问那场悲剧是不是促使剧作家突然退休并且隐居到我们这座城市里来的真实原因。剧作家更不喜欢这个问题。他改用自嘲的口气敷衍说他现在都开始接受采访了,怎么还能叫是"隐居"呢?!

这次专访中关于隐私的纠缠到此结束。这短短的纠缠给我带来了更多的疑问:那是一场什么样的悲剧? 剧作家为什么在悲剧之后要离开? 他为什么要隐居在这座城市? 在隐居了将近三年之后,他为什么又要暴露自己的身份? ……这些问题让我产生了接近剧作家的强烈冲动。剧作家不仅是我亲眼见到过的第一位名人,也是我见到过的最"特别"的人。我想象不出一个人会连续三年每天在一个固定的时间和一个固定的地点做同一件固定的事情。我也想象不出一个人可以很友善地与周围的人点头致意却又拒绝跟他们说话,拒绝他们的接近。我突然产生了强烈的冲动,想接近这个最"特别"的人,跟他说话,甚至成为他的朋友。

但是我很清楚,如果主动走上前去,我肯定会遭到他的拒绝。我知道接近这个"怪人"最好的办法是让他主动与我接近。也就是说,我应该想办法引起剧作家的注意,让他对我好奇,并且主动跟我说话。我想到了莎士比亚,或者更准确地说,是想到了那本《莎士比亚作品全集》。我真的一点也不喜欢那个扑朔迷离的英国人。我没有忘记大学阶段那门以他的名字命名的必修课。我经过了补考才勉强通过那门课。但是，他是我和剧作家之间的桥梁，这毫无疑问。剧作家会通过他走近我。第二天，我就从学校的图书馆里借出了那本书。我在接下来的那天上午十点二十五分带着它坐到了小区花园的草坪上。

我故意坐在离那排松树只有不到二十米的地方。我故意将书捧在手里，而不是摊在草坪上。这样，剧作家应该很容易就会注意到书的封面，接着当然就会注意到我……我没有想到等待的时间会那么长。一直坐了四天，差不多读完了整部《威尼斯商人》，我期待的场景才终于出现。剧作家那天结束默祷从我身边经过的时候停住了脚步。"你在读莎士比亚的原文?"他好奇地问。

我告诉他我是大学里的英语老师，英语是我的专业。

剧作家友善地看着我。"我不懂一点英语。"他说，"不过，我也有一本同样的书。"

我做出很吃惊的样子，就好像我并没有端详过报纸上的那张照片。

"那是一位朋友送给我的礼物。"剧作家说，"还有两件这一模一样的 T 恤衫。"他用手指将 T 恤衫扯起来了一下。

我没有想到他书架上的那本书果然与他常年穿着的 T 恤衫之间有密切的联系。

"是那位朋友从莎士比亚的故乡寄给我的。"剧作家补充说。

我从他的语气里听出了他极力想压抑的伤感。

"那是我错过了的地方。"剧作家说。

我又听出了剧作家内心深处的遗憾。我不知道他说的"错过"是什么意思。但是,我很夸张地点了点头,好像很理解剧作家对祖师故乡的向往。接着,我提到了上个星期在报纸上读到的专访。剧作家谦恭地弯下腰,向我伸出了手。紧握着剧作家的手,我感觉极为兴奋,不仅因为那是我第一次握到名人的手,还因为我如愿以偿,开始接近了这最"特别"的人。

剧作家耐心地等我松开手之后,很严肃地问道:"你最喜欢莎士比亚的哪部作品?"

这意想不到的问题令我感觉尴尬。我不好意思说我都不喜欢。所以我支支吾吾地说我都喜欢。

剧作家显然立刻就听出了身为大学英语老师的邻居对自己的祖师并没有什么研究。他宽容地笑了笑。

我趁机向剧作家更迈近了一步,反问他自己最喜欢哪一部。

"《奥赛罗》。"剧作家不假思索地说，"当然是《奥赛罗》。"

为什么当然是《奥赛罗》？我想问，又不敢问。

这时候，剧作家指着 T 恤衫上的那一行字说："我的朋友告诉我这就是《奥赛罗》里面的台词，是奥赛罗自杀身亡前说的话。"

剧作家的解释让我有点不安。难道他的那位朋友就是因为这句台词才为他选中了这件礼物吗？……而且是一模一样的两件。那位朋友肯定是想让戏剧家常年都穿着这礼物，就像他现在这样。这该是一个多么特别的朋友啊，我不安地想。

"我查到有人将它翻译成'这是唯一的出路'，"剧作家问，"翻译得对吗？"

我说那只是一个很直白的句子，不会再有其他的翻译。

剧作家皱了皱眉头，好像不同意我关于那个句子"很直白"的说法。"这是唯一的出路。这是唯一的出路。"他重复地说着，转背走开了。

那天晚上睡觉之前，我又重读了一遍报纸上的专访。我将它与我和剧作家的对话做比较，突然产生了一个奇怪的想法。我想剧作家对《奥赛罗》"当然"的偏爱会不会与他生活中的"那场悲剧"有什么关系。我还注意到了前几次阅读时漏掉的一个细节:剧作家在专访中两次提到了一篇题为《生活中的细节》的小说。他说那篇很短的小说写的是一对年轻的夫妇在一次旅行归途中的遭遇。他们遇见了年轻女人自己已经完全没有记忆的一个"熟人"。通过对方扑朔迷离的提示,年轻女人不为她丈夫所知的"过去"隐隐约约地浮现了出来。剧作家评论说那看上去只是一个平淡的细节,但是生活中的悲剧往往就根源于生活中的那种平淡的细节。

正在我为阅读的新发现激动不已的时候,一位邻居打来了电话。她说大家都看到我已经与"怪人"说上了话。他们都想知道我有什么新奇的发现。不知道怎么回事,我突然对邻居们低俗的好奇反感起来了,就好像他们侵犯了我的私人领地。我什么都不想告诉他们。"他真是一个怪人。"我敷衍说,"比你们想象的还要怪。"我故意说"你们",而不是"我们",好像我已经不属于他们。

随后的两天,我忙着准备出期末考试的试卷,没有时间去草坪上等待剧作家的走近。但是在上下班的公共汽车上,我不会去考虑题型的比例和题目的难易。我靠在车窗玻璃上回忆着我们的上一次谈话或者想象着我们的下一次谈话。我没有想到我们"下一次谈话"的时间和地点都会发生变化。第二天黄昏走下公共汽车的时候,我一眼就看到了站在车站旁边的剧作家。"你在这里等我吗?"我半开玩笑似的问。

我更不可能想到的是,剧作家竟顺势跟我开了一个很专业的玩笑。"我在等待戈多。"他说。(从他严肃的表情和语气来看,也许这并不是玩笑?!)

剧作家没有继续等待。他跟着我一起往小区里面走。他说他写过的一个独幕剧的场景就是一个公共汽车站。他说那部戏里面的所有人物都是次要人物。这些人物每天都在"离开"和"到达"。他说他想用这种不断重复的"离开"和"到达"来表现生活的荒诞。我很欣赏剧作家的这种表现手法。我说我自己在公共汽车站等车和下车的时候就经常会有荒诞的感觉。

走到我的楼下的时候,剧作家好像还有很多话想说,他没有减慢脚步。我也很想知道剧作家还想说什么,我也没有减慢脚步。我们继续朝草坪上走去。

剧作家这时候提起了报纸上的访谈。"你是怎么看到的?"他问。

我不太清楚剧作家问这个问题的目的。但是,我知道我不应该说自己是无意中看到的。我告诉他我从来不会错过报纸上任何有趣的内容。

我的回答好像并不能让剧作家满意。"我想知道的是到底有多少人会看到那张报纸。"他说。

我说这家报纸很有影响,这座城市里所有的人都会看到。

"你真的这么想吗?"剧作家问。

我们所有的邻居们都看到了,我说,还有我所有的同事。

剧作家抬头望了一眼暮色中的天空。"这就好了。"他说,尽管他的声音充满了怀疑。

我不知道他这是什么意思。

"其实只要一个人看到就好了。"他继续说。

我也不知道他这是什么意思。他低沉的声音让我觉得他是在自言自语。

"访谈发表之后我突然经常会有很寂寞的感觉。"剧作家说。

我想起他刚才的"玩笑"。我想他肯定是在等待读者的反应。等待让人寂寞,我说。

剧作家用迷惘的目光看着我,不知道他觉得我说对了还是说错了。"我真不知道自己是不是应该继续在这座城市住下去。"他说。

剧作家的话让我感觉非常突然。我觉得我们的交谈已经接近了一个很关键的点,接近了他在专访的开始避开过的那个问题。我不想错过了这个机会。我说只有首先清楚了自己为什么会来到这座城市,才能决定是不是还应该继续在这里住下去。

剧作家还是用迷惘的目光看着我。

我还是不知道他觉得我说对了还是说错了。但是,我提醒自己不能有任何的犹豫。我提到了他生活中的那场悲剧。我问他为什么在专访中要回避那个问题。

剧作家刚想说什么……突然,他的眼睛一亮。他面对的方向好像有什么吸引了他的注意。"我没有看错吗?"他激动地问。

我回过头去。我不知道他在暮色中看见了什么。

"就在那排松树后面的通道上。"剧作家说,"我应该没有看错。"

我看见了……那是一个穿着黑色连衣裙的女人,她在松树后面的那条通道上来回走动。

剧作家好像完全忘记了我们的谈话。他痴迷地朝着那个方向走去。可是,他没有能够走近那个女人。在他快走到松树跟前的时候,一个穿着非常正式的男人来到了那个女人的身旁。他们交谈了两句之后,手拉着手走开了。剧作家好像被这平淡无奇的场面震惊了。他过了一阵才迈着沉重的步伐往回走。他一边走还一边回头。他回到我跟前的时候,脸色显得极为疲惫。

"我可能是看错了。"他低声说。

我完全不知道他错在哪里。

"听说她在那个电话之后就离开了。"剧作家说。

我完全不知道那个电话是哪个电话。

"听说她来到了这座城市。"剧作家说。

我完全不知道他说谁来到了这座城市。

"为什么我会有那种想法呢?"剧作家说。

我完全不知道他指的是什么想法。

"她知道了又有什么用呢?"剧作家问。

我完全不知道他说的"什么用"是什么意思。

"等待让人寂寞……是啊,你说得对。"剧作家说,"我现在觉得我错了。"

我完全不知道他怎么又错了。

剧作家突然转身走开了，他没有向我说告辞的话。

第二天下班回来，我看见几个邻居站在小区的门口议论。看到我走过来，他们都显得非常兴奋。他们围住了我。他们说我们的一位邻居中午去机场送婆婆的时候看见了"怪人"。他还是很友善地对她点头致意，还是什么话也没有说。她说他背着一个很大的背包，看样子是准备出远门了。邻居们问我知不知道他那是要去什么地方。

那位邻居的推断应该没有错。剧作家应该是出远门了，因为这些天来他一直都没有在必然出现的时间和地点出现。

过了大约一个星期，我收到了一件从西双版纳寄来的特快专递。里面只有一盒很新的磁带。磁带的标签上用铅笔写着：我为什么会来到这座城市。那当然应该是剧作家的笔迹。我迫不及待地将磁带放进录音机里。我很快就听到了剧作家已经变得有点沙哑的声音：

"我突然决定退休而且离开那座城市的原因的确与那场悲剧有关。但是，那场悲剧本身还有更深的原因，那是只有悲剧中的人物才知道的原因。生活中的戏剧总是这样，总是戏中还有戏……有时候甚至很难去分辨哪一部戏是原因，哪一部戏是结果。我不知道自己应该为那场悲剧负多大的责任。但是我知道，那是我自己'写'不出的戏。那也是让我对'写'戏失去了激情的戏。三年来，我每天都从不同的方向重新进入那场悲剧。经过反复的比较，我知道那个电话是进入悲剧的最好的方式。那是我等待了四年的电话，可是它在那个时候到来又完全出乎我的意料。现在想来，我不知道应该说那个电话来得'不是时候'还是来得'正是时候'……两个小时之后，我的婚礼就要开始了。我正在忙着做最后的准备。不断有电话进来，我的奶奶，我的表姐，我的姨妈，我请的摄影师，我雇的车队的经理……我完全没有想到突然会接起那个电话。四年过去了，我又听到了她的声音。那熟悉的声音差点将我击倒。她说她已经拨打了一个多小时，我的电话一直都占线。听得出来，她并不知道我的电话为什么会'一直'都占线，她并不知道她的电话来得'不是时候'或者'正是时候'。我犹豫了一下，还是觉得没有必要告诉她。我努力稳定住自己的情绪。我耐心地听她说下去。她说她刚从英国回来。她说她特意去了一趟莎士比亚的故乡。她说她在那里为我买了一些礼物。她说她将礼物直接从当地的邮局寄给了我。她希望我能够看到莎士比亚故乡的邮戳。她说她给我打电话的一个目的就是提醒我留意最近的邮件。这当然不可能是她的主要目的,因为这是我们四年来的第一次电话,因为这是我们(应该说是'我')突然中断我们将近三年'不可思议的激情'之后的第一次电话。她的这一段话猛烈地冲撞着我的身心。我没有忘记'莎士比亚的故乡'在我们激情生活中的意义,永远也不可能忘记。那是我们当年选定的去度蜜月的地方……现在,我马上就要结婚了,跟另外的一个人,而她却刚从我们选定的去度蜜月的地方回来……我不知道自己应该怎样反应。我能说什么?我还能说什么?!……她根本就不需要我说什么,因为她自己的话还没有说完。她说她在那个漂亮的小镇上住了两天,住在一个叫'黑天鹅'的小酒店里。她说她在那里回忆我们在一起的生活,我们'不可思议的激情'。她说她的回忆最后还是终止于那个庸俗的问题:究竟我是不是爱她?她刚认识我的时候就经常问我是不是爱她,在我们那'不可思议的激情'之中她也不停地这样问。但是经过四年的隔绝,这已经不再是对我的提问,而只是她自己的问题,她需要自己来回答的问题。她说那天清晨独自站在莎士比亚的墓碑前,她终于恍然大悟!她说我其实根本就不爱她,从来就不爱她。我提醒自己要沉住气。我提醒自己一定要沉住气,不要去在乎她对我的感情的羞辱……她的话还没有说完。我还要耐心地听她说下去。她说这四年来,她一直都想给我打这个电话,又一直都没有勇气。她想知道我们'不可思议的激情'为什么会中断得那样突然。她说她是在那个恍然大悟的时刻才终于获得了这种勇气。是的,这才是她打电话来的主要目的:她想知道在那么多年'不可思议的激情'之后,在已经选定了度蜜月的地方之后,我为什么会突然离开她。这不能用爱和不爱来泛泛地解释。她想知道具体的原因。如此明确的目的让我松了一口气。我肯定她是为了'清算'而不是因为'怀旧'才打来了这个充满戏剧性的电话。既然如此,我想她应该可以平静地接受我此刻的状况。我没有回答她的问题,而是告诉她我马上就要结婚了。我想让她知道我们没有必要再去纠缠我们的过去。她很久没有说话。我意识到她其实不可能平静。我耐心地等待和想象着她的反应……她终于说话了。她问我'马上'是什么意思。我说马上就是马上。我听见了她的冷笑。接着她说,总不至于是'今天'吧。我的沉默清楚地回应了她。她突然大笑起来。她说这实在是太可笑了。但是马上,她的声音就变了,变得极为阴沉。她说她等了整整四年才终于获得勇气来寻找那个问题的答案。她说这太荒诞了，就像我写的戏剧。这是为什么？她用阴沉的声音问，为什么她那样一只小船会撞上'如此荒诞的暗礁'。那是她自己用的词，她说'如此荒诞的暗礁'。这也许就是命吧，我说。我以为这是对她的安慰。没有想到，这是对她更大的刺激。她愤怒地说她不相信命，尤其是不相信这样的命。我不敢再多说什么。我也不想她再多说什么。就在这时候，她突然对着话筒大声吼叫着说：'你们会受到诅咒的。'她的吼叫让我恐惧。我用尽可能克制的语气问她这是什么意思。'你自己去想吧。'她愤怒地吼叫着说完，挂断了电话。我没有多想。我没有时间去多想。我要完成婚礼前最后的准备。我们的婚礼进行得非常顺利。婚礼之后，我和我妻子去她的老家度蜜月。从莎士比亚故乡寄出的邮包在我们回来之前两天就已经到了。我独自去邮局将它取回来。我在度蜜月的时候已经决定永远也不拆开它。我将它藏在书架顶层的柜子里，藏在我那些陈旧的手稿的后面。时间过得很快。一年平静的婚姻生活之后，我渐渐淡忘了她那个电话引起的恐惧。那一天，在查看日历的时候，我注意到了我妻子在我们的结婚纪念日上做出的标记。我兴致勃勃地凑到她的跟前，问我们应该怎样庆祝'我们的日子'。我妻子冷漠的语气和鄙视的目光令我不寒战栗。'我们的日子?!'她说,'那是你们的日子。'我马上就意识到事情的不对。'你这是什么意思?'我警惕地问。'你不要这么紧张。'我妻子说,'你现在比那天接完电话之后还要紧张。'我没有想到我妻子居然已经注意到了那天的电话。我紧张得说不出话来。'这有什么好紧张的。'我妻子继续用冷漠的语气刺激我。我将脸转向一边,避开她鄙视的目光。'你真的用不着这么紧张。'她接着说,'我其实不知道那是谁。我只知道你……'她没有说出后面的字,但是我能够猜得出。'你说过人只可能有一次真正的爱。'我妻子继续说。'那只是我写的一句台词。'我辩解说。我妻子不能容忍我的任何辩解。'不要忘了你说过你的所有角色都是你自己。'她反驳说。我什么话都不想说了。我也希望她什么都不要说了。'你不爱我。这是事实。这没有关系。'我妻子继续说,'但是有一点我不明白,你为什么不和你爱的人结婚呢?'这意想不到的问题又让我想起那个电话,想起她在电话里提到的'恍然大悟'。还有什么比这更荒诞的吗?'沉默是对荒诞的反叛。'我的一个角色曾经这样说。我提醒自己什么都不要说……但是,我们的谈话并没有结束于我的沉默,而是结束于那个从莎士比亚故乡寄来的邮包。我一直以为我妻子不知道那个邮包的存在，没有想到她这时候会用一种极为刻薄的方式提到它。'你不是想庆祝我们的日子吗？'她说（她将'我们'两个音发得非常挖苦，就好像她想表达的意思是'你们'），'你可以在这个日子里打开那个邮包，看看那里面到底有些什么东西。'我提醒自己一定要保持冷静。'这是多好的庆祝啊。'她接着说。我提醒自己什么都不要说。'你应该打开那个邮包看看。'我妻子最后说，'说不定你还会从中获得创作的灵感呢。'说完，她头都不回地走了出去……这发生在结婚周年纪念日前夕的谈话为我们的婚姻生活定下了基调。这也许就是她在那个电话里说的'诅咒'？！我们的婚姻又继续维持了六年。这是不可思议的六年。这六年之中，我妻子在我无力驱散的黑暗之中越陷越深。最后的两年，她的神经系统完全处于崩溃的边缘。她几乎没有一天能够安睡。她有时候会整晚坐在阳台上发呆或者抽泣。而我的劝慰只会加深她的躁动和痛苦。她有三次严重的发作，不得不住院治疗。包括她父母在内的许多人都跟我谈过，劝我认真考虑自己的前途。但是，我不忍看着她那种样子离开她。我希望首先能够帮助她彻底康复。然后，她也许会主动离开我……我完全没有想到她最后会选择以那样暴力的方式离开我。也许那不是选择。也许那就是'诅咒'。当时，我正在外地出差。我接到通知之后马上就赶了回来。我从机场直接去了火葬场。她的尸体停放在那里。法医的鉴定书上标明她死亡的时间是前一天上午的十点二十分。当火葬场的工作人员最后问我要不要走近一点的时候，我示意说不必了。我连她的身体都没有怎么亲近过，对她的尸体会有什么感觉呢?! 当天晚上，我疲惫不堪地回到家里，一头倒在床上就睡着了。可是在半夜里，我被关于那个邮包的噩梦惊醒了。我一直没有拆开过它。出差之前翻找旧稿的时候我还曾经看到它原封不动地藏在那里。但是在我的那个噩梦中，它已经被拆开了。我急忙爬起来，踩到椅子上，想将邮包取下来。我的手指刚碰到它，我就知道噩梦其实已经成真。我将那个邮包取下来。我不知道我妻子看到的还有什么，我看到的只是一本《莎士比亚作品全集》和两件一模一样的 T 恤衫。这邮包在那场悲剧中扮演的是什么角色? 三年过去了，我仍然没有找到这个问题的答案。在这三年的时间里，我从来都没有错过十点二十分的默祷。那个时刻是对我的诅咒。我也每天都穿着这种 T 恤衫。这含义丰富的象征同样是对我的诅咒。我的一生荒诞地属于这两个女人,属于这两种互相仇视的诅咒。这两个女人中间的一个从一开始就认定我'不爱'她,而另一个到最后终于'恍然大悟'。我自己能够写出如此荒诞的戏剧吗?所以我退休了:这是唯一的出路。所以我离开了发生那场悲剧的城市:这也是唯一的出路。但是,我为什么要来到这座城市?这是一个问题。我肯定是因为听说她在这座城市生活才会来到这里的。但是,我为什么会因为她而来到这座城市?难道我对她还有什么需要吗?是的,我对她还有需要,一直到最近我才完全想清楚。因为我也需要'清算',就像她给我打来那个电话一样。我的'清算'有两项内容:首先我需要告诉她我突然离开她的原因。这只有我能够告诉她。我有这种需要不仅是因为她曾经打来过那个电话,还因为一年之后,我妻子也用一种完全不同的口气问过我。而更重要的,我还有另外的一种需要,我需要她告诉我,那个邮包里除了那本书和那两件 T 恤衫之外还有什么。这一点,现在只有她能够告诉我。是的,经过将近三年的隐居,我终于清楚了自己的这种需要。因此,我才故意接受专访,暴露了自己的身份。但是,那之后的等待让我后悔了。我知道她根本就不会因为我的暴露而出现。十年前的那个电话其实就是我们的最后一次通话。她不会再出现了。这也就是说我不可能知道邮包里到底还有什么,或者说到底是什么将我的妻子最终推进了死亡的深渊。这也意味着她永远也不会知道(或许她已经不想知道)我突然离开她的原因。也许这就是她说的'诅咒'?!"

从这里开始,磁带上出现了一段很长的空白。在我准备按下停止键的时候,剧作家的声音又出现了:"因此我已经没有必要在这座城市住下去了。我还会在这远离闹市的小村庄里住一个星期。这里是我们最后一次旅行的终点,也是我们'不可思议的激情'的终点。刚抵达这里的时候,我们并不知道它还是那第二个终点。一切都是因为我们离开那天出现的那个细节。那才是悲剧真正的开始。已经十四年了。不可思议的激情……不可思议的时间……不可思议的生活……回去之后,我马上就会搬走。我会搬到一个与这两个女人都没有关系的地方去。这两个用生和死纠缠着我的女人。这两个认定我'不爱'她们的女人……"

剧作家说到这里已经泣不成声。他按下了停止键。这个动作在磁带上留下了一阵杂音。如果不是因为这无法抑制的激动,我相信剧作家接下去会告诉我那个所有人都想知道的细节。

这时候,我突然想起了那篇他在专访里提到过两次的小说。从他对小说的简单概括里,我好像看到了剧作家十四年前的身影。突然,我觉得我和他融为了一体:不知道是他变成了我的角色,还是我变成了他的角色。我激动地按下录音键,在磁带上录下了这样的台词:"那一年,'不可思议的激情'将我们带到了西双版纳。如果没有那个细节,那真是没有瑕疵的旅行,我们的激情将会继续,将会延伸到莎士比亚的故乡,将会延伸到更远的地方……可是,就在我们离开的那一天,在长途汽车站的候车室里,一个刚下车的男人瞥见了我们。他兴奋地走过来。他居然叫出了她的名字。她觉得很奇怪。她不知道他是谁。他说出了自己的名字她也不知道他是谁。这时候,他提到了另一个名字。我看见她的脸顿时就红了。她好像想起站在面前的男人是谁了。她没有介绍我们认识。她问他刚才提到的那个人现在怎么样了。'他去年就已经……'那个男人说,'脑癌。'……我们很快就上车了。在车上,她始终将头枕在我的肩上。我始终望着窗外。我们都没有说话。我能够感觉到她的伤心。她的眼泪浸透了我的汗衫。在我们快下车的时候,她突然很动情地说:'你知道我有多么爱你吗?'我伸手抚摸了一下她的面颊。我当然知道。这深深的爱让我经历了一生中最狂躁的一个星期。最后，嫉妒的洪水已经完全淹没我。那个在'不可思议的激情'中生活了三年的我终于死去了。他浮肿的尸体漂浮在我不断的噩梦之中。我知道我唯一的出路就是中断我们的关系。那是唯一的出路。"

我刚录完这一段台词，电话铃就响了。是那位在机场遇见了剧作家的邻居打来的电话。她问我知不知道剧作家去了哪里。我说我不知道。她又问我知不知道他什么时候会回来。我说我不知道。她又问他还会不会回来。我还是说我不知道。

两姐妹

在两个追求她的男人之间犹豫了将近半年之后，姐姐选择了"可靠"的那一位。她的选择出乎所有人的意料，因为入选者与落选者的实力相差悬殊。落选者是妹妹看中的姐夫。他不仅有成功的事业和辉煌的前程，还有出众的仪表和超群的修养。他是一家即将上市的通信设备公司里最年轻的"高管"。姐姐不是没有看到这些显而易见的优越条件。但是，这些条件不仅没有让她感觉骄傲，反而让她感觉恐慌。她无法容忍与落选者站在一起的时候，别人向她而不是向他投来的羡慕的目光。那种目光让她没有自信，让她犹豫不决。另外，她一直将"可靠"当成男人最重要的资本，其他诸如事业的成功、前程的辉煌以及出众的仪表和举止等都只不过是可有可无的点缀。而条件优越的年轻"高管"没有带给她"可靠"的感觉。她尤其反感他的那种自信，那种咄咄逼人的自信。他第一次与她见面的那一天，那种自信就已经暴露无遗。那一天，他将她带到了全市最豪华的购物中心顶层的那家咖啡馆里。那一天，他口若悬河，话题从"文化大革命"开始，经由《追忆似水年华》和《生命不能承受之轻》，一直延伸到了维瓦尔第。他用十分肯定的语气说他的生活中什么都可以没有，但是绝对不能没有音乐，尤其是不能没有令人销魂的《四季》。他的口若悬河令她恐慌。他除了音乐之外"什么都可以没有"的生活态度令她恐慌。在她个人的字典里，口若悬河是"可靠"的反义词。她对口若悬河的男人有本能的反感。

经过将近半年的犹豫，她终于做出了自己的选择。她选择了"可靠"的那一位。尽管他只是一家房地产公司里的普通职员，尽管他没有值得炫耀的修养也没有潇洒的外表，尽管他比他的竞争对手足足矮了十二公分，尽管他的情趣与高雅相去甚远，尽管他不喜欢维瓦尔第也从没有听说过昆德拉和普鲁斯特……他给了她"可靠"的感觉。他从来没有像那位年轻的"高管"一样请她去过咖啡馆或者西餐厅，更不要说请她去听音乐会了。他对她的追求既不如他的竞争对手那么精神，也不如他的竞争对手么物质。但是她却从他朴实的眼神里看到了他的诚挚和一点也不亚于他竞争对手的热烈。他说话不多。这让她感觉轻松和亲近。他说话的时候语气卑微，还经常会伴着轻微的脸红和口吃。她将这看成是心理上的单纯，而不是生理上的不足。她尤其喜欢他从来就不将自己的意志强加于她，或者用她妹妹的话说，他根本就"没有"自己的意志。他在任何问题上都认同她的看法。甚至在关于孩子的问题上，他的回答都让她感觉"可靠"。她向两个追求者都提问过他们将来想要一个什么样的孩子。那位条件优越的"高管"口若悬河，好像在发布一条精心准备的利好消息。他说他想要一个男孩。他说他想他们的孩子将来长得比他还要高大。他说他想让他四岁就开始学习小提琴，弥补上他自己没有机会学习一门乐器的遗憾。他说他想他有一天能够出席他的独奏音乐会，看他在台上演绎维瓦尔第的《四季》。而同样的问题却让实力相差悬殊的普通职员涨红了脸。他结结巴巴地说："我只想要你为我生的孩子。"

她选择了这"可靠"的男人。这种选择与她妹妹的态度其实有很大的关系。在她犹豫不决的那半年里，她的妹妹不断给她施加压力：她从一开始就不喜欢那位房地产公司的普通职员。她嫌弃的不是他的"地位"，而是他的"天性"。他的沉默寡言她多少还可以忍受。但是，她忍受不了他没有自己的意志。"跟一个没有自己意志的人生活在一起有什么意思？！"她不满地说。她对姐姐以是否"可靠"作为选择丈夫的标准极为不满。在她看来，"可靠"是"平庸"的同义词。她甚至说，世界上根本就没有"可靠"的男人，因为人是猴子变的，人从本质上就喜欢乱蹦乱跳。她还说人之所以要牺牲自己的自由，跟一个另外的人生活在一起,就是想让生活多少有点意思。"跟一个没有自己意志的人生活没有意思。"妹妹肯定地说。她不知道自己努力的效果其实正好相反:她的反对越是激烈,她姐姐就越是接近她反对的选择。

因为姐姐清楚地记得妹妹在感情问题上犯过的所有错误。那其中有许多是一再重犯的错误。姐姐为妹妹犯过的那些错误脸红又着急。每次妹妹带来了新的男朋友,她一眼就会看到失败的结局。"你看上的人没有一个是可靠的。"她总是用责备的口气对妹妹说,"你总是在做梦。"而妹妹从来就反感这样的责备。"我不知道我们两个人到底谁在做梦。"她说,"世界上就不会有可靠的男人。"最令姐姐无法容忍的是,妹妹根本就不把自己在感情问题上所犯的错误当成是错误。她说那是她的人生经验,是她个人的"财富"。姐姐为妹妹这种"恬不知耻"的说法着急又脸红。她不会容忍自己犯哪怕是一次这样的错误。她相信自己的生命只属于一个男人。她相信自己的身体只属于一个男人。而"可靠"是她对那个男人的第一要求。

像许多的姊妹一样,这两姐妹不仅没有相像的外表,还有几乎完全对立的性格。这遗传之谜一直令她们的父母和其他认识她们的人迷惑不解。而更奇怪的是,这两姐妹自己的好恶与自己的性格也相矛盾:身体丰满的姐姐虽然讨厌口若悬河的男人,自己却性格外向,喜欢交际,喜欢说话。她见到邻居总是会主动热情地打招呼,她很容易就能找到话题与陌生人展开深入的交谈。而身体单瘦的妹妹虽然迷恋活泼健谈的男人,自己却性格内向,不善交际也不好交际。她在外面总是低着头,总是迈着匆匆的步伐,好像总是怕被人看见。她从来不与邻居点头致意,更不要说做深入的交谈了。两姐妹唯一的共同之处是都长着非常漂亮的面孔。但是她们的漂亮也给人对立的感觉:姐姐漂亮得就像是触手可及的风景,让人感觉亲近,而妹妹漂亮得就像是一幅油画作品,让人感觉疏远。正是因为姐姐的外向,邻居们才知道了这两姐妹的来历。她们来自杭州。两年前,在她们的父亲突然因心肌梗死去世之后,两姐妹离开了她们脾气暴戾的母亲,一起来到了这座陌生的城市生活。她们很快就都找到了与从前类似的工作:毕业于财经专科的姐姐在一家保险公司当会计,而毕业于美术学院的妹妹在一家广告公司做设计。

姐姐最后选择了"可靠"的男人。妹妹虽然对姐姐的选择极为失望却还是接受了为姐姐布置新房的任务。她碰巧还得到了她最好的朋友的帮助。妹妹最好的朋友是上海一家时尚杂志的美术编辑,在刚开始考虑新房的布置方案的时候,她正好在这座城市出差,新房的许多细节都是她们反复讨论的结果。她们是从前的邻居。她们是从幼儿园一直到大学的同学。她们是亲密无间的朋友。她们彼此之间从来就没有秘密。妹妹一边与她讨论新房的细节,一边嘲笑姐姐的固执愚蠢和姐夫的乏味懦弱。她的挖苦逗得她最好的朋友大笑不止。不过姐姐从来就不喜欢她们这位从前的邻居。她认为妹妹现在的思维方式和生活方式都是受了她的坏影响。她甚至认为妹妹在交女朋友和找男朋友的问题上犯了同样的错误。她一点也不高兴妹妹与她们从前的邻居讨论自己新房的细节。

姐姐的新居离两姐妹合租的公寓不远。姐姐这样选择新居的位置主要是出于对妹妹的关心。她不放心妹妹的思维方式和生活方式。她不喜欢她交往的那些男女朋友。她相信住得离妹妹近一点能够保护妹妹或者至少能够减低妹妹犯错误的风险。她的丈夫对新居的位置当然没有意见。他在结婚之后一如既往,对她还是百依百顺。在某些方面,他甚至比从前做得更加突出。比如在结婚之后,他变得越来越讨厌出差了。每次看着他挖空心思地搜寻逃避出差的理由，姐姐就觉得非常开心。她知道他在乎他们的婚姻生活。她知道他在乎她。她不会忘记那一次他带她去参加他们公司组织的春游。她记得活动的最后在那家著名的川菜馆聚餐的时候，公司的老总坚持要他们坐在他的身边。表情和善的老总那天的话特别多。他说着说着突然问自己的下属是用什么手段将这样漂亮的老婆"搞到手"的。她记得她"可靠"丈夫的脸一下子就涨得通红，就像他第一次面对着她关于孩子的提问时一样。他低下了头。他没有回答老总的问题。"打江山难，守江山更难啊。"老总语重心长地说，"下次我教你关键的几招，一定很管用。"他的话引起了大家的哄笑。但是，她"可靠"的丈夫没有笑。她从他皱起的眉头里看到了他对她的在乎以及他的"可靠"。他后来再也没有带她去参加过公司组织的可以带家属参加的活动了。她知道他这样做是出于对她的在乎。她陶醉于这种在乎。她陶醉于自己在两个男人之间做出的正确选择。

婚姻让姐姐变得更加漂亮了，连妹妹也这么说。婚姻也给她的丈夫带来了不可思议的好运。他很快被提升为部门经理。他领导的部门很快就成了整个公司的支柱。公司的老总很快又找他谈话,通知他公司已经准备将他的部门与另外的两个部门合并,合并后的新部门还将由他来负责。公司的老总还特别强调,这只是过渡性的安排。他从老总接下来的那几句话里面听出来,他的下一个职位将是公司主管业务的副总。他的业绩还得到了一位"老领导"的赏识。他是公司的三位创办人之一,后来又调到省政府的经济委员会工作。他已经离休好几年了,却仍然十分关心自己当年参与创办的经济实体,每年都要回公司来指导工作。公司最有能力的部门经理给他留下了极深的印象。第一次接触听完他简短的工作汇报,他就俯在公司老总的耳边说:"这样的人才值得重用。"

丈夫在事业上的成功并没有影响到姐姐对他的感觉。她依然觉得他非常"可靠",甚至应该说她觉得他比以前更加"可靠"了,因为他的成功带来了他们家庭经济状况的提升。的确,他的话比从前多了一点,但是他的举止还是那样地卑微,他对她还是百依百顺。当她的怀孕被确认之后,她提出不想再上班了,她只想在家里做专职的妻子和母亲。"可靠"的丈夫对这提议没有任何异议。他还问她,在孩子出生之前他们是不是应该在附近找一套大一点的房子。她很高兴他们想到一起去了。她更高兴他主动地提出了这个建议,显得很有主见。

他们的女儿继承了她五官上全部的优点。她如释重负。她兴奋不已。在女儿满月之后,她每天都推着她在楼下的花园里散步。她每天也至少要往丈夫的办公室打五次电话,向总是忙得不可开交的丈夫报告他们的女儿细微的长进或者轻微的不适。她的丈夫如果实在是没有时间细听她的电话,在忙完之后,他一定会打电话过来,仔细询问他们的女儿最新的情况。她将女儿当成是上天对自己在两个男人之间做出的正确选择的回报。她称她为"小天使"。她相信这是最"可靠"的回报。

聪明漂亮的姨侄女让妹妹最终原谅了姐姐的选择。她每隔两天就会抽空过来看她。她也渐渐开始接受没有什么意思的姐夫了。她发现他比从前爱说了许多。他有时候会津津乐道地谈起自己公司正在开发的新楼盘。他有时候会滔滔不绝地谈起自己女儿的新表现。他对她姐姐的体贴和照顾更是让妹妹有点怀疑自己选择男朋友的标准。姐姐看出了妹妹的怀疑,她趁机提醒她尽快找一个"可靠"的男人结婚,而不要整天都做不切实际的梦。"你看,将来自己也生一个这样聪明漂亮的小宝贝多好啊。"姐姐用充满幸福感的声音说。

姨侄女也成了妹妹与她最好的朋友之间最重要的话题。她们每个周末都会通一次很长的电话。她们在每一次通话中都会认真讨论"小天使"的成长和变化。妹妹甚至专门买了一个很精致的速写本，用来记录姨侄女天真的姿势和表情。她最好的朋友嘲笑她这是在为自己将来做母亲做准备。"是不是遇到'可靠'的男人了？"她用调侃的口气问。妹妹的回应与她对姐姐前面那句话的回应是一样的。她说有这么可爱的姨侄女，自己还要孩子干什么！

妹妹按照自己的审美口味打扮"小天使"。她为她花钱的时候从来没有任何犹豫。而操办姨侄女的生日会更是妹妹的专利。前两次生日会让姐姐姐夫都非常满意。在"小天使"三岁生日快到的时候，姐姐问妹妹又有什么特别的安排。那天正好是周末。妹妹说她打算在海边的度假村里租一套公寓，在那里庆祝"小天使"的第三个生日。姐姐觉得那是一个好主意。不过，她不高兴妹妹要请她最好的朋友一起参加生日会的想法。"她从香港出差回来，那天正好会路过这里。"妹妹坚持说，"她一直就很想见见被我吹上天了的'小天使'。"

但是，看到自己的姨侄女那么喜欢从"海上"来的阿姨，妹妹自己也有点不太高兴了。她纠正了好几次，说阿姨不是从"海上"来的，而是从"上海"来的，她的姨侄女却怎么也改不过来。她最好的朋友让她不要再纠正了。"你得说，阿姨就是从'海上'来的，"她说，"等一下，阿姨还带你去海边玩好不好?"她的话让"小天使"心花怒放。她对摆在跟前的生日蛋糕都没有一点兴趣了，她不停地问还要等多久才能带她到海边去玩。两姐妹怎么劝说都没有用。姐姐示意了自己的丈夫一下，他马上也劝说了几句。当然，那同样毫无用处。最后还是从"海上"来的阿姨出面才将"小天使"说服了。她同意先吃完了生日蛋糕再到海边去玩。

姐姐看着自己的女儿很快就将分给她的那一份蛋糕吃完了，心里很不高兴。她看到自己的丈夫、妹妹和"小天使"一见钟情的阿姨也都很快吃完了，心里更不高兴。她自己只吃了小小的一口。当"小天使"又嚷嚷着要去海边玩的时候，她说她有点累了。妹妹看出了姐姐的不高兴。她没有表现出对"小天使"的支持。而她最好的朋友虽然已经做好了出门的准备，也站着没动。姐姐的目光落到了对自己百依百顺的丈夫的身上。她没有想到他的反应会与她的期待完全相反。"既然已经答应了孩子，最好还是……"他喃喃地说。

他们刚走进沙滩，妹妹最好的朋友就迫不及待地脱掉了鞋子和袜子。她开心地在沙滩上翩翩起舞。"小天使"也想学着她的样子将鞋袜脱掉。她的母亲严厉地制止住了她。她从来就不允许她光着脚走路，哪怕是在沙滩上。在她看来，那是既不文雅又不卫生的行为。"今天是你的生日，"她严厉地说，"不能把身上弄脏了。"她的丈夫在她背上轻轻拍了一下。她清晰地意识到那不是对她的支持，而是与她的交涉。她紧张地看了他一眼。"今天是孩子的生日，"他喃喃地说，"就让她破一回例吧。"

妹妹用费解的目光看了看姐姐和姐夫。她觉得他们两人的情绪突然之间都发生了变化：一个变得紧张了，一个变得松弛了。她隐隐约约能够感觉到是什么导致了这背道而驰的变化。她一把抱起了自己的姨侄女。她不想事情变得更糟。

在前面不远的地方，妹妹最好的朋友已经从背包里取出了她特意带来的一块蜡染布，将它铺在了沙滩上。夜幕早已经降临，可是沙滩还有点温热，海风也还有点温热，潮水的声音听起来也有点温热。大家都在蜡染布上坐下之后，"小天使"一定要爬到从"海上"来的阿姨的身边。妹妹瞥了姐姐一眼，又瞥了姐夫一眼。她已经意识到他们情绪的变化与自己的关系。她只想这特殊的日子赶快过去。她不想事情变得更糟。这时候,她听到她最好的朋友指着天空问:"你看见天上的星星了吗?""小天使"点头说看见了。她接着又问:"那你看见地上的星星了吗?""小天使"觉得这问题很奇怪。她看了看自己的父亲、母亲和小姨,他们像她一样,也觉得这是奇怪的问题。最后,"小天使"的目光又移到了从"海上"来的阿姨的身上。"你不知道地上也有星星吗?"从"海上"来的阿姨问。"小天使"摇了摇头。"那星星就是你啊,你是我们的小寿星啊。"从"海上"来的阿姨接着说。"小天使"兴奋地对着她的父亲、母亲和小姨大叫起来。她的父亲高兴地对她拍了拍手,她的母亲很不高兴地将脸侧到了一边,她的小姨尴尬地对她做了一个鬼脸。

他们继续坐了一阵之后,妹妹最好的朋友站起来,朝大海走去。"小天使"也站了起来,她想跟着她一起去。她的母亲一把拽住了她,用严厉的声音警告她不能去。"小天使"大声向从"海上"来的阿姨求救。妹妹最好的朋友停下脚步,转过身来。姐姐很不高兴地瞪着自己的女儿说:"你喊她有什么用?!"她将"她"字发得很重,就好像她是不受欢迎的人。"小天使"哭着闹着,想挣脱开母亲的手。妹妹不知道应该怎么办。她将目光投向了她的姐夫。她没有想到他会用不大耐烦的语气说："她想去就让她去吧。"

姐姐气急败坏地瞪了自己"可靠"的丈夫一眼。"你这是什么意思?!"她高声说。"小天使"趁机挣脱开母亲的手,朝从"海上"来的阿姨那边跑去。"不要让她碰到了水。"姐姐绝望地冲着妹妹最好的朋友喊了一句。

"你不放心就跟她一起去啊。"她的丈夫低声说。

"我才不去呢。"姐姐说,"那海水多脏啊,那么严重的污染。我才不会去呢。"

"那你需要我去陪着她吗?"她的丈夫低声问。

"你去干什么?!"姐姐十分不满地说,她觉得自己"可靠"的丈夫好像突然变了一个人。她推了一下自己的妹妹,让她赶紧跟过去。"我真是不放心你的那位朋友。"她十分不满地说。

姐姐看着妹妹最好的朋友在潮水里翩翩起舞,心里很不高兴。她看着自己的女儿在离潮水很近的地方,模仿着她的舞蹈,心里更不高兴。她看了自己的丈夫一眼。她看着他无忧无虑地望着大海的方向,更是不高兴到了极点。这时候,她听到她的丈夫低声说："她今天玩得真开心。"一阵苦涩的焦虑从她的意识深处穿过。那是她在两个男人之间做出正确的选择以来没有出现过的焦虑。她突然觉得自己"可靠"的丈夫好像变了一个人。

他们一声不吭地坐了一阵之后，姐姐开始不停地打哈欠。她的丈夫注意到了她的表现。"我去叫她们回来吧。"他说。但是，姐姐抢在他的前面猛地站了起来。"我自己去。"她说。她在沙滩上走了几步之后停下来，大声对自己的妹妹嚷嚷着让她马上将"小天使"带回来。

没多久，她的丈夫也站到了她的身边。她瞥了他一眼。她注意到他仍然目不转睛地注视着大海的方向。她还注意到他已经将那块蜡染布折叠好抓在了手上，而他的另一只手上提着妹妹最好的朋友脱下的鞋子。姐姐极为不满地冷笑了一声。她"可靠"的丈夫慌忙将鞋子和蜡染布又都放到了沙滩上。

妹妹很快就抱着"小天使"走了过来。她最好的朋友跟在她们的身边。姐姐从妹妹手里接过"小天使"之后，面带着厌倦的表情摸了摸她的裤腿，尽管她知道她根本就没有碰到海水。"你们这种疯疯癫癫的女人有哪个男人能够受得了啊。"她不满地说。她的女儿用小手抓了一下她的鼻子。"我不是疯疯癫癫的女人。"她说。"小天使"的反应把所有人都逗乐了。

　　妹妹最好的朋友回到上海的当晚就给她打来了电话。她谢谢妹妹的邀请和安排。她说"小天使"的确像她从前在电话里说的那样可爱。而妹妹发现自己已经没有一点兴致与她谈论自己的姨侄女了。她默默地听着,脑海里起伏着的都是姐姐对生日会的抱怨。姐姐说这是"小天使"过得最差的生日。姐姐还说今后不再要妹妹安排生日会了。妹妹没有将姐姐的抱怨传达给自己最好的朋友听。她承认自己这一次的安排有问题,但是她同时又知道自己的姨侄女那一天过得非常开心。她的感觉极为矛盾。

　　过了三个星期,妹妹最好的朋友又给她打来电话。她问妹妹在忙些什么,为什么那么长的时间没有给她去电话。妹妹的态度非常冷淡,她已经没有与自己最好的朋友交谈的兴致。她最好的朋友没有在意(或者是没有在乎)她的冷淡,她兴致勃勃地与她谈起了"小天使"。她居然知道"小天使"最近三个星期以来的一些表现。这让妹妹感觉极为不好。她没有问她是怎么知道的。她装着若无其事的样子。她甚至没有告诉姐姐自己的那种极为不好的感觉……直到那一天,三个月之后的那一天,她在全市最豪华的购物中心顶层的那家咖啡馆里同时瞥见了她最好的朋友的侧影和她姐夫的背影。她马上给姐姐打去电话。她问她晚上有没有时间，她说她有要紧的事想约她出来谈谈。姐姐的回答让妹妹非常难受。她让妹妹去家里。她说她姐夫两天前到昆明出差去了，要过几天才会回来。

妹妹下班之后就直接去了姐姐那里。她要姐姐不要忙着做饭了。她在楼下的快餐厅买了盒饭上去。吃完饭之后，两姐妹一起推着"小天使"在楼下的花园里散步。她们东拉西扯。妹妹没有主动提起她下午的经历。姐姐也没有问她有什么要紧的事想与她交谈。回家之后，两姐妹一起给"小天使"洗了澡，并且一起哄着她睡觉。"小天使"临睡前又说了一些很有意思的话，妹妹没有一点心思将它们记录下来。她帮助姐姐收拾好房间之后，姐姐突然建议她干脆就不要回家了。她说她可以与她一起睡在主卧室的大床上。妹妹没有反对。她遵照姐姐的吩咐先去洗了澡。然后，她在大床上躺下了。她想到那就是她"可靠"的姐夫平时睡觉的地方，觉得非常荒唐。姐姐上床之后，马上就关掉了床头柜上的台灯。她什么也没有说。妹妹注视着突然的黑暗，心里充满了负疚的痛感。"我觉得很对不起你。"她低声说。

姐姐过了一阵才给出她的回应。她的回应让妹妹大吃一惊。"现在说这些还有什么用呢?!"她平静地说。妹妹用双肘撑起身体,看着紧闭着双眼的姐姐。"你已经知道了吗?"她问。"我后悔当初没有听你的话。"她说着,伸手碰了一下妹妹的肩膀,示意她躺下。

离婚之后,姐姐又搬回了两姐妹曾经一起合租的公寓里。她的丈夫在她们最后那一次关于离婚的争吵里说她什么都可以拿走,除了他们的"小天使"。而她什么都不想要,包括她倾注过无限心血的"小天使"。她对一切都失去了兴趣。她搬回来的前三个月里没有出过一次门。妹妹对她的状态非常担心。她劝她出去走走,哪怕只是为了呼吸一点新鲜空气也好。她无动于衷。妹妹又劝她重新去找一个工作。她还是无动于衷。妹妹又劝她重新去找一个男朋友。"爱是一种生命力。"妹妹说。她还是无动于衷。

三个月的禁闭和怨恨严重损伤了姐姐的身体,她的脸上已经浮现出了明显的病态。奇怪的是,那种病态不仅没有破坏姐姐的美貌,反而让她的美貌带上了更加迷人的气息。那天中午,她在镜子里打量着自己病态的脸。她突然想起了美国人没有在伊拉克找到的那种"大规模杀伤性武器"。报复的激情突然从她生命的深处迸发出来。她有了起死回生的感觉。她告诉妹妹，她准备行动了。她说恨才是一种生命力。"你想报复谁?"妹妹不安地问。"谁伤害了我，我就报复谁。"她激动地说。"所有的报复都是对自己的报复。"妹妹说，"报复者自己最后肯定也是受害者。"姐姐完全不理解妹妹这句话的意思。她知道摧毁一个男人就是要摧毁他的自尊心。她说她要让背叛了她的男人在所有人的眼里都变得一钱不值。"我没有想到你会有这么邪恶的想法。"妹妹说。"这不都是你的错吗?!"姐姐愤怒地回应说。

　　她终于在一个星期五的下午出门了。她第二天中午才回来。她轻而易举地拿下了要向她前夫传授"守江山"的招数的老总，赢得了第一场行动的胜利。她在给他的电话里只说了半句话，他就完全清楚了她的意图。他让她等在她打电话的地方，他说他马上就过来接她。他将她接到了一家五星酒店的中餐厅里。他一边鼓励她多吃一点补补身体，一边认真倾听她被欺骗的遭遇。听完之后，他用轻蔑的口气谈论起了自己曾经非常器重的下属。他说他连最基本的道德品质都没有，根本就不配提拔做公司的副总。她显得很着急的样子说："工作和生活是两码事，该提拔就还是应该提拔。"他对她宽宏大量的品格大加赞赏。他说她还很年轻，没有必要为自己的前途过分烦恼。他说将来有什么困难就只管来找他，他愿意给她一切所需要的帮助。吃过晚饭，老总用有点不好意思的语气告诉她，其实他已经在酒店为她订了房间，如果她愿意的话，可以在酒店里好好放松一下。他说他第二天中午再来接她。而姐姐也用有点不好意思的语气说，如果他陪她一起放松的话，她就愿意在酒店住下。老总激动不已地拉起她的手，与她一起走进了酒店的电梯。电梯门刚关上，他就从她的身后用双手捧住了她的胸脯。他激动不已地告诉她，他想着这一天已经想了好几年了。

她的第二个目标是她前夫最得力的助手。她约了他好几次，那个比她小八岁的年轻人才同意出来与她喝咖啡。她很有策略，在交谈的过程中根本就没有提到自己的前夫。她不想让单纯的年轻人感觉到任何的压力。那个年轻人坦率地告诉她自己正在两个追求他的女孩子之间犹豫不决。她以姐姐的身份给他提了一些很中肯的建议。听完她的建议，年轻人说那两个女孩子他其实都不喜欢。她问他到底想找一个什么样的人。"我……"年轻人战战兢兢地回答说，"我只想找一个像你这样的。"她大笑了起来。"是像我这样蠢的，还是像我这样老的，或者是像我这样离了婚的？"她顽皮地问。年轻人腼腆地低下了头。她伸手过去握住了他的手。她问他愿不愿意与她一起去看一场刚上映的美国电影。他没有说愿意也没有说不愿意。她从口袋里掏出早就买好了的两张电影票。他跟在她的身后走进了电影院。她在电影开始大约十分钟的时候将手放到了他的大腿上。她能感觉到他全身顿时僵硬。她看着他一动不动地盯着银幕的样子，心里觉得非常可笑。她在电影进行到一半的时候，试探着去拉动他牛仔裤上的拉链。年轻人还是一动不动地盯着银幕。接着，她用力地拉开了他的拉链……从电影院出来的时候，她问眼睛还是直直地盯着前方的年轻人，为什么前几次约他，他都找借口不肯出来。年轻人说他怕。她问他怕什么。年轻人说他怕丢了工作。"人家为了女人连皇位都可以不要。"她挖苦地说，"你真没有出息。"说着，她在他的屁股上狠狠地拧了一下。

她的第三个目标是她前夫极为尊重的那位"老领导"。她没有想到她还没有开口诉苦，"老领导"就已经义愤填膺。他破口大骂她的前夫是虐待妇女的流氓和道德败坏的小人。他说他原来还以为他"值得重用"。他说自己这是第一次看错了人。"这真是一次非常严重的失误。"他深有体会地说。"老领导"的批评与自我批评将她感动得痛哭起来。而她的痛哭又让"老领导"更加激动。他抓住了她的手。他劝她不要伤心。他说她根本就不值得因为那样的流氓和小人伤心。"老领导"的关爱让她更加伤心了。她一把抓住了"老领导"的手，将它压到了自己的胸脯上。"老领导"兴奋地挪动了几下身体。然后，他一边老练地搓揉着她的乳房，一边更加语重心长地鼓励她一定要"挺住"。"老领导"的反应让她感到了报复的快感。她将"老领导"的手紧紧地夹在了两腿之间。"老领导"兴奋地在她的脸上亲吻起来。他一边亲吻，一边向她保证自己决不会放过虐待过她的坏人……在送她出门的时候，"老领导"对她说，不管有什么需要都可以来找他。她说她什么都不需要。"老领导"因此夸奖她不仅有漂亮的外表，还有美丽的内心。他说现在这个世界上像她这样的好女人实在太少了。他欢迎她常来家里做客。他说跟年轻人待在一起他感觉自己也年轻了许多。

她接着想到的是那位通信设备公司的"高管"。他的落选使"可靠"男人的自尊心得到了空前满足。她很有心机地约他到他第一次约她见面的那家咖啡馆见面。她先赶到那里，占到了他们第一次坐过的那张桌子。她没有想到这么多年过去了他还是那么英俊潇洒。她更没有想到他的性格发生了明显的变化。他已经不像当年那样自信了。他已经不再口若悬河了。他变成了一个很好的倾听者。她同样没有想到的是他居然记得他们在一起的所有细节。在谈论那些细节的时候，他怀旧的目光让她充满了懊悔。那种懊悔突然之间就改变了她对自己选择的"可靠"男人的态度。她突然就不再恨他了。她对他的憎恨顷刻间就变成了对他的蔑视。他只是她做的一个错误的选择，根本就不值得她去恨，她骄傲地想。她关于自己遭遇的倾诉也因为这种态度的转变而变得不那么伤感了。可是，她没有想到落选者还是非常地伤感。还没有听完她的倾诉，他的眼眶里已经噙满了泪水。那闪动的泪水让她内心深处的懊悔变得更加强烈。她一边激动地盼望着他的安慰，一边想象着躺在他身边的浪漫。她相信他们在做爱的时候，他一定会要求有音乐的伴奏，比如维瓦尔第的《四季》……她没有想到她盼到的不是浪漫，而是深不可测的绝望。"对不起，"落选者伤感地说，"我现在帮不了你，我现在什么都帮不了你。"他没有进一步说明他"现在"的状况。她也不想知道。他与其他那些男人的不同态度已经足够了。他的态度深深地打动了她。她的懊悔变得更加强烈。她被那强烈的懊悔压得透不过气来。

她冲出了咖啡厅。她冲出了购物中心。她在这座城市最繁华的街道跑了几步之后,突然在一个公用电话亭前停下来。她拿起话筒。她按下了前夫新家的电话号码。这是在离婚之后,她第一次想与那个"可靠"的男人通话。她紧张地等待着电话被接起的声音。但是,她只等到了留言的提示。她将电话挂断。她望着从她身边走过的一对对陌生的男女(夫妻,情侣或者偷情者?),她感觉透不过气来。她重新按下了那个号码。在留言提示之后,她平静地对着话筒说:"你知道吗,我已经不恨你了,因为你不配我的恨。我们的婚姻是一个错误。我从来没有爱过你。我是因为觉得你'可靠'才选择了你。那是完全错误的选择。我现在只恨我自己。我现在只有深深的后悔。"

但是,她并没有因为"不恨"而停止她的报复。她有一天在一家餐馆里遇见了她前夫生意上最大的竞争对手。她记得他前夫曾经说过他是他的"天敌"。她记得他每次与他较量之后的喜悦或者沮丧。她只见过他一面。但是,他却一眼就认出了她。他主动走到了她的餐桌旁。简单的几句交谈已经让他们非常投机。他们很快就清楚了彼此的需要。他约她第二天下午去他家里。他说家里很安静，因为他妻子带着孩子到欧洲旅游去了。她如约而至。他直接将她带进了卧室。在随后的三个小时之内，他四次将她带进高潮——那是她在婚姻生活中从来没有体验过的高潮。那是令她大开眼界的三个小时。那是颠覆了她的世界观的三个小时。在第一次高潮之后，她就彻底认识了自己的错误。男人的"强硬"才是真正的"可靠"，她激动不已地想。那不可思议的"强硬"让她不再将自己视为受害者。她知道，如果没有婚姻的失败，她永远都不会有机会体验到真正的"可靠"。而让她高潮迭起的男人向她承认说自己的"强硬"应该归功于她。他说她让他的自尊心得到了最大的满足。他说她让他相信他的对手不管在商场上赢过多少次，都只是一个失败者，一个根本上的失败者。三个小时的激情没有让他感觉疲劳。第四次高潮过后，他让她躺在床上休息，自己却去厨房为她做了很丰盛的晚餐。在晚餐的过程中，他们不断数落她的前夫。她惊喜自己又能够那样地轻松，又能够笑得那样开心。她向他报告的"敌情"让他获得了极大的自信。当她说起他的竞争对手在床上一点都不行的时候，他用轻蔑的语气评论说："一个连自己的老婆都开发不出来的人还开发什么房地产?!"他显然是忘记了自己这些年在与对手激烈竞争之中留下的那些难堪的记录。

姐姐没有能够实现自己全部的报复。经过五个多月的疯狂,她的身体已经触到了底线。她经常感到头晕乏力。她多次看到小便里的血迹。她发现视力在明显地下降。妹妹看出了姐姐的虚弱。她不停地敦促她去医院做一次全面的体检。但是,姐姐总是说没有时间,总是推脱……直到那一天,她坐着出租车回到小区的门口。付完钱之后,她发现自己居然没有下车的力气了。她最后在出租车司机的帮助下挣扎着下了车。可是,她自己刚跨出两步就一头栽到了地上。出租车司机将她送到了人民医院的急诊室。抽血报告出来之后,医生让她立刻通知家属到医院来。妹妹赶到医院的时候,她已经被送进了特种病房。那里的负责人告诉妹妹,病人的时间已经不多了。同时他们希望妹妹协助他们追踪在过去的半年里病人与什么人发生过性关系。

妹妹马上将姐姐的病情报告给了与她们关系疏远的母亲。她故意没有说明她患的是什么"绝症",但是,母亲马上就猜到了。她在电话的那一端破口大骂。她首先说她这是自作自受,接着又说她这是罪有应得。她说她不想再听到她的任何消息了。妹妹对母亲的反应好像早有准备。她平静地放下了话筒。接着，她又给自己最好的朋友的丈夫打了电话。他的反应远没有她的母亲那样激烈，就好像他对这消息早有准备。他冷冷地说"那个女人"的生死与他没有关系。他不会去看她，更不会允许"他"的女儿去看她。

妹妹独自照顾了姐姐三个月，又独自处理完了姐姐的后事。在姐姐停止呼吸的当天，她最好的朋友曾经打来电话问需不需要她帮什么忙。妹妹很干脆地说不需要。

那其实是很需要帮助的一天。那一天，妹妹一直忙到了凌晨一点才回到了小区门口。她朝家里走的时候想的是赶快洗个澡，然后好好睡一觉，因为第二天她还要将姐姐的遗体送到火葬场去火化。可是，站到家门口之后，她突然觉得非常难受。钥匙从她的手里掉到了地上，她没有去将它捡起来，而是重重地坐到了门边的楼梯上。

她的哭声惊醒了住在楼上的剧作家。他开始还以为自己是在做梦。他走到门边，将房门打开一条缝。从下面楼道里传来的哭声让剧作家还是有做梦的感觉。他好奇地走下楼梯，走到了妹妹的身边。他问她出了什么事。妹妹没有回答。他又问她为什么不进自己的家里去。妹妹还是没有回答。

剧作家犹豫了一下，在妹妹的身边坐下了。一年前的一个类似的场面让他觉得自己仍然是在做梦。

剧作家在梦一般的幻觉中坐着，直到被突然刮起的凉风惊醒。他看了妹妹一眼。"你冷吗?"他提醒说，"马上要下大雨了。"

妹妹还是没有回答。

"我从来没有看见你笑过。"剧作家继续说，"我听说你笑起来很迷人。"

"你听谁说?"妹妹问。

"你姐姐。"

"你们说过话吗?"

"说过一次。"剧作家说，"那都应该有一年了。时间过得真快。"

剧作家提到的时间让妹妹觉得有点奇怪。"那时候她没有住在这里。"她说。

"是啊。她是来找你的。"剧作家说，"差不多也是在这个时候。"

"我怎么不知道?!"妹妹说。

"因为她没有惊动你。"剧作家说,"她突然不想惊动你了。"剧作家停顿了一下,接着说,"她也像你一样坐在这里,也很伤心。"

"她说了些什么?"

"她说起了你。她说你的笑很迷人,很著名。"

"我的意思是她说了为什么那么晚来找我吗?"

"她没有直接说。但是她不停地重复两句话。我想她应该是感情上受了伤害。"

"两句话?"

"她说这个世界很荒诞,又说这个世界上没有任何'可靠'的人。"

姐姐一年前在黑夜里重复的这些话让妹妹又伤心地哭了起来。"她已经走了……"她哭着告诉剧作家。

"去哪里了?"剧作家问。

"她再也回不来了。"妹妹说。

剧作家很紧张地看了妹妹一眼。"你这是什么意思?"他问。

"说起来都是我的错。"妹妹说。

剧作家刚想问她为什么，天空中响起了一阵沉闷的雷声。

妹妹颤抖了一下，用双手抱紧了自己的身体。接着，她瞥了一眼剧作家常年穿着的那件印有莎士比亚头像的 T 恤衫。"我读到了报纸上对你的专访。"她说，"在医院陪护她的时候。"

"她也读到了吗?"剧作家问。

"她那时候已经神志不清了。"妹妹说。

剧作家深深地叹了一口气。"如果她知道了我的身份，也许会更理解那天晚上我对她那个问题的回答。"剧作家说。

"什么问题?"妹妹问。

"人活着到底是为了什么?"剧作家说，"她的口气听上去是那样地绝望。"

"是啊，我也想问这样的问题。"妹妹问，"人活着是为了什么?"

"对我来说，可能就是为了戏剧。"剧作家说。

"那我是为了什么呢?"妹妹焦躁不安地问，"她呢? 她活着又是为了什么呢?"

"按照莎士比亚的说法，人生只是一场戏。"剧作家说，"那天我也这样告诉她。"

"那一定会是悲剧吗?"妹妹问。

剧作家的脸上显出了十分吃惊的表情。"你们这两姐妹真有意思。"他说,"你姐姐那天也问了同样的问题。"

"人生的戏剧一定是悲剧吗?"妹妹重复了一遍她和姐姐共同的问题。

"莎士比亚没有这么说。"剧作家回答说。

"那是谁为我们安排了这悲剧的角色呢?"妹妹问。

"我们?"剧作家怀疑地问。

"是啊,我们!"妹妹肯定地说,"也包括你。"

文　盲

最开始,我只能通过她的手势理解她想要表达的意思。她的广东话比其他人说的广东话更难懂,甚至我会说广东话的女儿都说她从来就听不懂。而她的手势不仅很直白,还很传神。最开始,她也听不懂我说的略带口音的普通话。我也不得不像她一样借用手势来表达情绪和传递信息。不过,随着时间的流逝和交流的增多,我们彼此越来越能够心领神会了,手势的作用变得越来越小。到现在,只是在很偶然的情况下,我们的交流才需要手势的帮助。

她总是起得很早。起来以后,她首先要为全家人准备早餐。等孩子们上学去了之后不久,她就会去菜市场。通常在我下楼去买菜的时候,她已经提着大大小小的塑料口袋上楼来了。我们总是在楼道里相遇,我们总是会交谈起来。我知道这种相遇和交谈对她非常重要。有几次,我甚至觉得她是有意在楼道里等着与我相遇和交谈。随着语言障碍的逐渐减少,我们交谈的时间变得越来越长,我们交谈的内容也变得越来越多。不过有一点没有变:我们交谈的起点总是她对家人的抱怨。更准确地说,我们的交谈总是从"烦死了!烦死了!"开始的。那是她的口头禅。那是她永远不变的"生命状态"。看见我从楼梯上走下来,她的脸色马上就会变得愁苦不堪。接着,她就会痛苦地摇着头说:"烦死了! 烦死了!"她冗长的抱怨接踵而至。她抱怨她的女儿上个月给她的钱太少。她抱怨她的女婿对她的女儿不好,对她也不好。她抱怨她的孙子不争气,不听话。她抱怨她的孙女不喜欢吃她做的饭菜,尤其不喜欢她炒得很好的鸡肾和猪肝。她抱怨她老公白天的话少得让她受不了,而晚上的呼噜声却大得让她睡不着。她甚至偶尔还会抱怨她的儿子,抱怨他从来就不理睬她的抱怨,抱怨他将金鱼缸里的那些金鱼看得比自己的爹妈都重要。当然,她抱怨得最多的还是她的儿媳妇。她抱怨她蛮不讲理。她抱怨她好吃懒做。她抱怨她从来不肯进厨房给她帮忙。她抱怨她连自己的内衣内裤都不肯用手搓洗。她一边抱怨一边摇头,并且不时重复一遍她的口头禅。我一点也不感兴趣她的那些抱怨,但是,我不讨厌听她的抱怨。我尤其喜欢听她发出的"死"这个音。她的发音情绪饱满,比标准广东话的发音更有韵味,听上去让我觉得"死"就好像是一件很开心的事情。

从菜市场回来的时候,她会从信箱里取出当天的报纸。她抱怨说她的老公在报纸上花费了太多的时间和太多的精力。她说她不知道报纸有什么好读的。她说她不知道她的老公为什么会舍得花那么多的钱去订没有一点意思的报纸。最让她生气的是，她的老公从来就不肯自己下楼去取报纸，而如果她买菜回来忘记将报纸带上来，他却要发脾气。她抱怨说她一辈子都在受他的气。有好几次，她还提到了从前做儿媳妇时的那些痛苦经历。她说她的婆婆经常辱骂她。而她的老公不仅从来就不站在她这一边，有时候还会为她婆婆帮腔。她抱怨说她在这个家里经常要受双倍的气。

我想象不出她的婆婆还能挑出她的什么毛病。她很勤快，也很本分，又生下了一个女儿和一个儿子……她是称职和理想的儿媳妇。尤其令我羡慕的是，她的菜做得很好。我的房间里经常会弥漫着她煲制的老鸭汤的香气。每次闻到那种香气，我都会陶醉地闭上眼睛，深深地吸入几口被升华了的空气。有一次，我根据自己对那种气味的分析，也试着煲了一锅老鸭汤。可是，煲了一整天之后，我连在自己的厨房里都闻不到任何的香味。晚餐的时候，我勉强地喝完了一碗。那自作自受的感觉令我非常难堪。而我的女儿仅喝了一口之后，就将碗推开了。她开玩笑说："真想去做对门家的女儿。"她的玩笑深深地刺伤了我。"你不怕那家人没完没了地争吵吗？"我气鼓鼓地提醒她说。

她家里几乎每天都发生争吵。我不知道他们吵些什么。他们大多数的争吵都发生在晚餐的时候。在此起彼伏的争吵声中,我听得到她老公的声音,她儿子的声音,她儿媳妇的声音以及她孙子和孙女的声音,当然经常还听得到玻璃和瓷器破碎的声音,但是,我却从来没有听到过她的声音。我不知道争吵发生的时候,她是不是也坐在餐桌旁,她的情绪是不是也很激动。有好几次,当我们在楼道里交谈起来的时候,我都想引诱她去谈论前一天她家里发生的争吵,但是她从来都不会上当。那些争吵没有出现在她的抱怨中。那里面似乎有她不想让外人知道的"家丑"。

　　除了一般的饭菜以外,她还会做不少的副食。端午节那天,她送来了自己包的粽子。说真的,我从来没有吃过那么好吃的粽子。我非常挑食的女儿也对她做的粽子赞不绝口。不过,一个小小的细节让我有点不安。在将装粽子的碗递到我手上的时候,她的目光充满了渴求。她显然还有什么话想要对我说。可是,从楼下传来的音调不准的流行歌声阻止了她。她的儿媳妇回来了。她将想说的话咽了下去。她痛苦地摇起了头。她说:"烦死了! 烦死了!"说着,她沮丧地退回到了自己家的防盗门里。

第二天中午,她又送来了一大碗自制的豆浆。这令我更加忐忑不安。我肯定她有什么话想要对我说。我肯定她有求于我。于是,在接过豆浆的同时,我主动问她需要我为她做点什么。她不好意思地笑了笑,说不需要,说什么都不需要。不过走出去两步之后,她又转过身来。她说她注意到我每天晚餐之后都会在楼下散步。她问她能不能跟我一起散步。"那当然好了。"我说,"我也很想有一个伴。"我的欢迎并没有让她高兴起来。她深深地叹了一口气,说不知道哪一天她才会有空闲。"烦死了! 烦死了!"她痛苦地摇着头说。

她自制的豆浆新鲜、醇香。喝过两杯之后,我马上决定也去超市买一台豆浆机。豆浆机买回来之后,我严格按照说明书要求的步骤试做了三次,却没有一次能够接近她一半的水平。我非常失望,也羞愧难当。在随后的几天里,我故意回避与她的相遇。我不想她看出我的失望和羞愧。而当我们又一次在楼道里相遇时,我已经放下了包袱。我对她的豆浆赞不绝口,并且向她打听那出自什么牌子的豆浆机。我提到的"豆浆机"开始让她有点费解,接着又让她觉得好玩。她示意我赶快去买菜,说等我回来的时候就告诉我。我从菜场回来的时候,她站在我的门口,手里端着一只很旧很笨的钢精锅。她告诉我那就是她的"豆浆机"。我们都笑了起来。当然,我笑得远不如她那样开心,因为我的心中充满了羞愧。而她的脸色也马上变了。她说钢精锅的把手有点松了,她几次请求她的儿媳妇帮她紧一下,那好吃懒做的"妖精"却总是说没有时间。她说她自己做儿媳妇的时候从来就不敢对自己的婆婆说没有时间。她承担了所有的家务,同时还要承受婆婆不停的辱骂,却从来不敢有任何的松懈,更不敢有任何的抱怨。而她自己的儿媳妇却正好相反,她什么都不做,却什么都敢说。她靠在沙发上一边嗑着瓜子一边看着电视,却说自己没有时间。接着,她又抱怨说那"妖精"上个星期竟将头发染成了红色,染头发花的钱比她全家三个星期的伙食费都要贵,而她竟还说那家美发店的价钱非常便宜。她还抱怨说那"妖精"不知羞耻,经常穿着睡衣在公公面前晃来晃去。她还抱怨说那"妖精"几次因为跟楼下杂货店的年轻老板打情骂俏错过了去小学门口接孩子的时间。"烦死了!烦死了!"她痛苦地说完,又深深地叹了一口气。

一个星期五的晚上,在我准备下楼散步的时候,她站在自己家防盗门的后面问可不可以跟我一起去。她说她儿子带着他一家人去海边了，她终于有了空闲的时间。我们一起下楼。我们在楼下的小花园里绕着圈子。我知道她有话要对我说，但是，却没有想到她会绕一个巨大的圈子，首先谈起的竟是她从前的生活。她说她很早就失去了父母。她说她是在伯父家长大成人的。她说她结婚前曾经在一家制鞋厂工作过。那份工作很辛苦，而她的心情却很愉快。可惜那令她难忘的愉快只持续了很短的一段时间。有一天，她的伯父突然出现在她的车间里。他让她马上去收拾好东西。他说她应该结婚了。他已经为她找到了一户很好的人家。他说她的男人有文化、有出息，他说她的婆婆很善良、很大方。我问她那是哪一年的事。她连想都不想，就说不记得了。她对年份的记忆特别差，这一点我早就有所察觉。她不记得她的老公是哪一年退休的，她不记得她的伯父是哪一年过世的，她甚至不记得她的孩子们出生的年份。她对年份之间的间距也没有什么概念。她不知道自己已经在这座城市里居住了多久。她也不知道自己的婚姻已经持续了多少年。不过，她清楚地记得她结婚时的年龄。她说她结婚的时候还只有"十七岁"。与时间相比，她对历史事件的记忆就更差了。我曾经问过她母亲去世的时候"抗日战争"是否已经结束，她进入制鞋厂的时候"朝鲜战争"是否已经开始，以及她婆婆的中风发生在"文革"之前还是之后……她好像完全听不懂这些问题。她的生活似乎与历史无关，不可能用重大事件来做参照。

在制鞋厂工作是她一生中最愉快的经历。那之后出现的人和事都成了她抱怨的对象。果然，她又抱怨起来了。她抱怨她的婆婆、她的男人、她的儿媳妇、她的孙子和孙女，甚至她的儿子。这些都是我听过无数遍的抱怨，没有提起我的兴趣。但是，在这些抱怨之后，她突然又开始抱怨起了自己的身体状况。这有点新鲜。我这是第一次听到她关于自己身体状况的抱怨。她说她最近总是觉得饿，觉得渴，觉得累。这是她从前没有过的感觉。她问我她是不是得了什么病，是不是应该去医院。

从她提到的那些症状来看，她有可能是得了糖尿病。我提醒她尽快去医院做检查。可是，她马上又抱怨说他们家里的所有人都说她没有病，没有人愿意带她去。"去医院比做豆浆可容易多了，"我说，"你可以自己去。"接着，我还告诉她离我们住处最近的医院在什么位置。"坐四路车直接就到了。"我接着说，"你可以自己去。"

我没有想到这样的一句话会让她那样地恐惧。她紧张地在我的嘴前晃动着双手，好像是要将我的话挡在她的知觉之外。

"没错，"我重复说，"坐四路车直接就到了。"

我的重复让她更加紧张。她用极不满意的目光看了我一阵之后，贴到我的耳边，用很着急的口气说四路车"绝对不能坐"。

我还是没有明白她的意思，我固执地说"就是应该"坐四路车。

我反应的迟钝令她彻底失望了。她痛苦地摇着头又说出了她的口头禅。这一次，是我让她"烦死了"。说完之后，她又不满地看了我一阵，然后，又贴到我的耳边重复了一遍关于四路车绝对不能坐的话。这一次，她将"四"字拖得很长。这让我终于开了窍。我终于明白了她恐惧的原因。她恐惧的不是"四路车"，她恐惧的是"四"的那个谐音字。她恐惧的是"死"。

于是，我告诉她，还有另外一趟车也可以坐。不过，坐那趟车下车的地方离医院还有一段距离，还要步行一段。这新的信息并没有减轻她的忧虑。她的脸色还是那样沉重。她的语气还是那样沉重。她说她很害怕。

"你害怕什么呢?"我费解地问。

她说她害怕"去医院"。

"医院有什么可怕的呢?"我接着问。我觉得只有刚懂事的孩子会害怕去医院。

在听她解释了一大通之后,我才终于明白了她害怕的不仅是去"医院",而且还包括"去"医院。她说她从来没有一个人上过街。她说她害怕自己会迷路。

"街上的路标都是清清楚楚的,怎么会迷路?!"我不耐烦地说。

她犹豫了一下,没有回应我的话,而是突然改变语气,几乎是用哀求的语气问我能不能找时间陪她去医院。我马上想到了她一流的粽子和豆浆。我当然应该说有时间。我说星期一就陪她去,而且保证不会坐四路车去。

星期天晚上准备睡觉的时候,我听到了轻轻的敲门声。我将门打开,发现是她站在我的防盗门外。她回头朝她家门口看了一眼,然后用手势示意我让她进来。我打开防盗门。她迈着很谨慎的步伐走进来之后,又示意我将门关好。她并没有往里面走。她靠在门边的墙上,深深地叹了一口气。"烦死了!烦死了!"她摇着头说。接着,她说出这次让她"烦死了"的原因:她的儿媳妇又怀孕了。她绝望地说,一个孙子和一个孙女就已经让她受不了了,再来一个她还怎么活啊!这消息的确让我有点吃惊,我没有想到她好吃懒做的儿媳妇还想要第三个孩子。她说其实她的儿媳妇一点也不想要,她还多次提出来要将那胎儿"做"掉。是她的儿子想要,他坚持要。他与她的儿媳妇已经为这件事吵过许多次了。"你为什么不告诉你儿子,你也不想要呢?!"我好奇地问。她不好意思地低下了头。她说她不想站在她儿媳妇的一边,她说她不想让那个"烦死了"她的"妖精"得意。她曾经想说服她的老公出面来反对,可是,他居然又对她发了脾气。他说家里再多一个孩子没什么不好。她抱怨说他在家里从来不做任何事,当然"没什么不好"。她绝望地摇着头,重复了她的口头禅。她说她真的不想活了。她说她真是烦死了就好了。她说死了就不会再烦了。

我刚想跟她开玩笑说如果她真的这样想,我们明天就还是坐"四"路车去医院吧。没想到,她却抢先告诉我,明天不需要我陪她去医院了。她说他们一家人都在骂她,骂她不应该向我提出陪她去医院的要求。她说她儿子明天要带她的儿媳妇去医院做检查,他会顺便也带着她去。

第二天晚餐的时候,我又听到了从她家里传来的激烈的争吵声。我不知道那争吵会不会还是与那个让她"不想活了"的小生命有关。在争吵的最后,我听到了一声很刺耳的破碎声。紧接着,我又听到她的孙子和孙女的尖叫声。过了一阵,我听到她家的防盗门打开了。通过猫眼,我看到她正垂头丧气地将金鱼缸的碎片从房间里扫出来。

　　我以为她晚上又会来敲我的门,告诉我白天她去医院做检查的情况,甚至还告诉我晚餐的时候家里的争吵是为了什么。事实上,我不是"以为"而是在"盼望"着她来敲门。自从星期五跟她散步以来,我变得对她家里的情况有些好奇了。我盼望着从她那里知道更多的细节。可是,她没有来敲门。好奇心无法得到满足让我的入睡又有点困难。

　　我是第二天在楼道里与她相遇的时候才得知她在医院做检查的情况的。她说医生断定她得了"甜"尿病。我纠正她说应该是"糖"尿病。她说验血的结果是"15"。她问我那是什么意思。我试着向她解释什么是血糖指标,却怎么也没有办法让她听懂。最后,我只好简单地安慰她说那意思就是她的病并不严重。只要注意控制饮食和注意休息,就没有什么太大的问题。但是她说医生告诉她，她的情况已经很严重了。我安慰她说医生那样说只是想引起她自己对病情的重视。她忧心忡忡地看着我，好像想问什么，又没有问。我重复了刚才的说法，我说只要注意饮食和休息，她的病情就可以得到控制。

她的确还想说什么。但是，她刚开口，我们就都听到了她儿媳妇"经典"的关门声和脚步声。她的声音戛然而止。她将脸侧到一边。她拒绝与从楼上走下来的"妖精"打照面。而她的儿媳妇也没有想与她打照面的意思。从我们身边走过去的时候，她的嘴里还是哼着音调不准的流行歌曲。她对我点了点头，对她做了一个鬼脸。等那歌声飘远之后，她靠在楼道边的扶栏上，俯身朝楼下望了望。然后，她用颤动的手指朝着下面说："烦死了！烦死了！"

我以为（应该说我"盼望"）她接着会说出刚才被她儿媳妇打断的话。可是她没有。她深深地叹了一口气，迈着沉重的步子朝楼上走去。

晚上散步的时候，我发现她独自坐在花园中央的凉亭里。我好奇地走到她的身旁。她没有任何特别的表示，就好像知道我肯定会在那个时候出现。我在她的身旁坐下。我想问她为什么会一个人坐在那里,她却又抢先开了口。"我会死吗?"她充满恐惧的声音令我极为不安。她的脸并没有侧过来。她的眼睛迷惘地望着前方。

我仍然像我们上午在楼道里相遇时那样安慰她。我说只要注意饮食和休息,就不会有什么太大的问题。

她还是迷惘地望着前方。"烦死了! 烦死了!"她说。这时候,她发出的"死"这个音突然失去了原来的魅力,不再能给我带来任何愉快的感觉。

我提醒她千万不能烦躁。我说好的心情对控制病情至关重要。我还提醒她说有什么事情千万不要窝在心里,说出来就不会那么烦了。我这样提醒她的时候自己感觉有点滑稽。我好像不是为了她的身体健康,而是为了满足我自己的好奇心。

她这时候才将脸侧了过来。从她迷惘的眼神里,我看出了她的恐惧和需要。我很清楚她有事情想告诉我。但是,她又极为犹豫。她又深深地叹了一口气。接着,她又像星期五晚上一样,开始抱怨她的渴,她的累以及她的饿。她说她的身体很不舒服。我知道这并不是她真正想告诉我的事情。这也不是我真正感兴趣的事情。我感兴趣昨天晚上她家里发生的争吵。我感兴趣她的儿媳妇为什么会砸碎了家里的金鱼缸。我将手放到她的后背上。我盼望着她能够尽快满足我的好奇心。

我没有想到我关心的举动会让她突然激动起来。她一把抓住了我的另一只手。她激动地说她儿子和儿媳妇又吵起来了。她说他们的争吵"还是为了那件事"。（注意！为了叙述的流畅，不管是在直接还是在间接引用的情况下，我都将她的广东话"翻译"成了普通话。）

我不知道她说的"那件事"是哪件事。

"她说他在外面有人了。"她接着说。

我好奇地问她那是不是真的。

"我不知道。"她不耐烦地说。

我又问她的儿媳妇是怎么知道的。

"我不知道。"她还是不耐烦地说，"她怪他每天都回得很晚，回来后又总是显得很累。"

我差点想跟她开玩笑说她儿子也许得了她一样的病。

"他们每天都吵。"她继续说，"我儿子吵着要跟她离婚，她吵着要将那个孩子做掉。"

这不是好事吗?! 我说。这样，许多烦死人的问题一下子就都解决了。

可是,情况比我想的要复杂。"她不肯离婚!"她气鼓鼓地说,"她说她就是要跟我们住在一起,天天惹我们生气。"说完,她又重复了几遍她的口头禅。

我还是提醒她千万不要烦躁。我说烦躁对她的病非常不好。但是,我的提醒无济于事。她的情绪越来越激动了……最后,她激动地谈起了"昨天晚上"的争吵。她说:"真是太气人了。"当她儿子提醒"妖精"不要在老人和孩子面前瞎吵的时候,"妖精"竟嚷嚷着说就是要吵得让所有的人都听到。她说到这里的时候上气不接下气。她还用手按着自己的胸部。

我担心她会支撑不住,但是我又真是很想知道接下来究竟发生了什么。我轻轻地拍着她的后背。我盼望着她继续说下去。

"我儿子抽了她一个耳光。"她突然十分得意地说。接着,她好像回味起了当时的场景。"打得好。"她得意地说。这应该是她当时就想说却没有说出来的话。

她得意的表情和声音让我觉得有点内疚。我突然觉得自己不应该去感兴趣她家里发生的事情。

"这是我儿子第一次打她。"她说着,看了我一眼,似乎是想知道我的反应。"打得好。"她接着又得意地重复了一遍她对这"第一次"的评价。

我将手从她的后背上移开。我觉得自己真不应该再对她家里的事情感兴趣。

"她气疯了。"她继续得意地说,"真是气疯了。"

我猜想,她的儿媳妇就是在这一气之下砸碎了他们家巨大的金鱼缸。

她并没有马上证实我的猜想。她的情绪突然变了。得意突然消失得无影无踪。极度的烦躁突然又出现在她的脸上。她气鼓鼓地告诉我,她气疯了的儿媳妇捂着被打红的脸,突然说出了一句把所有人都气疯了的"疯话"。

这戏剧性的变化再次激起了我的好奇。我想马上知道她的儿媳妇说了什么"疯话"。可是,她却并没有马上重复那句"疯话",而是又绕了一个圈子,绕到了"疯话"引起的结果。她说她的儿子被这"疯话"气疯了,他抢起碰巧摆在茶几上的一只铁锤,砸碎了他心爱的金鱼缸。

这是我绝对想不到的结果。我记得她曾经抱怨过她儿子将他养的那些金鱼看得比家里的任何人都重要。那"妖精"到底说了什么"疯话"？它怎么会具有那么强大的破坏力？

她没有再从这结果绕回去。她没有告诉我她儿媳妇到底说了什么"疯话"。她深深地叹了一口气。然后，她突然站了起来，拉着我的手说："我们走吧。"

这以后的一个星期我没有遇见过她家里的任何人，也没有听到过她家里的争吵声。晚上，我从所有可以看见她家窗户的角度也都看不到她家里的灯光。我想她一家人一定是出远门了。我甚至怀疑他们从此就不会再回来了。我每天都在想着她一家人。我一边猜测着他们的去向，一边想象着一句什么样的"疯话"会具有那么强大的破坏力。

再一次在楼道里与她相遇的时候，我才知道她一家人回了一趟位于粤西的老家，去给她老公的姐姐送终。她告诉我说她老公的姐姐比她老公大了十多岁。她有过一次不幸的婚姻，但没有孩子。她一直将自己的弟弟当成自己的孩子。她还告诉我，她是他们的媒人之一。因为这一点，她刚结婚的那段时间一度对她怀恨在心，她觉得是她终止了自己一生中最愉快的日子。但是她很快就发现，她老公的姐姐是这个世界上唯一真正关心她和保护她的人。她们之间的感情日积月累,最后超过了姐弟之情和夫妻之情。她说她的死让她自己都不想活了。

我劝她不要过于悲伤。我说悲伤就像烦躁一样,对控制她的病情非常不利。

在我们分手的时候,她又问晚餐之后能不能跟我一起散步。她极为神秘的表情让我觉得有点奇怪。我意识到她又有什么重要的事情要告诉我。她贴近我的脸低声说,她不想让她家里的人看见我们在一起,所以不会来敲我的门。她说她会在花园的凉亭里等我,就像上次那样。

晚上下楼之后,我远远就看见她已经坐在了凉亭里。我快步走到她的身边。还没有等我完全坐好,她就开始说话了。她说她的老公肯定也在"外面有人"。她又说现在好像所有的人都在"外面有人"。她的说法意味着她又一次站到了她儿媳妇的一边,这一定让她十分痛苦。我劝她不要胡思乱想。她老公连电话都不愿意接,连下楼取报纸都觉得麻烦,怎么可能在"外面有人"?! 一个对"外面"没有兴趣的人不可能在"外面有人"。我这样开导她。可是,她听不进去。她抱怨说她老公从来就不管家里的事,也从来都不关心她,不在乎她,这些她早就习惯了。可是，最近一段时间以来，他变得越来越暴躁，动不动就大发雷霆。这让她感觉情况不对。她很激动地告诉我，在去老家的路上，为了一点很小的事，他不仅对她大发雷霆，最后竟还学着她儿子打她儿媳妇的样子狠狠地抽了她一个耳光。

我估计一定有什么另外的原因导致了她老公的这种变化。她开始说她不知道。她说其实她从来就不知道她老公是什么人。他们只是在一起过日子，彼此从来就没有说过心里话。不过，她突然提到了一封信。她说她觉得他的变化与那封信有很大的关系。她说最近一段时间他总是在读那封信，连对报纸都没有什么兴趣了。他读信的时候，脸色会变得非常可怕。读完之后，他一定要大发脾气。狠狠抽她耳光的那一天，他就刚刚又读过一遍那封信。

我问她那是谁写给他的信。她摇了摇头，说不知道。我又问她那封信里写了些什么。她还是摇了摇头，说不知道。我还能说什么呢?! 我继续劝她不要胡思乱想。我说她的老公不会因为一封信就动手打人。

她很迷茫地看着我。我能够清楚地感觉到她需要我的帮助。

我正在想着还能给她什么更好的劝说。突然,她冲动地将一个皱巴巴的信封伸到我的眼前。她说那就是她老公最近总是在读的那封信。

我没有马上明白她的用意,没有伸手去接那封信。

而她却将信硬塞到了我的手里。她请求我告诉她那封信里面到底写了些什么。

"你为什么不自己读呢?"我费解地问。

她直直地看着我,没有回答我的问题。

我想将信递回到她的手里。我说我对她家里的事情没有兴趣(这种虚伪的态度让我马上感到了一阵脸红)。

她没有接过那封信。她说她想了很久才决定冒险将信偷出来。她说她老公如果知道了这件事,就不是抽她一耳光的问题了。"他会把我打死的!"她肯定地说。然后,她继续哀求我告诉她信里到底写了些什么。

"你为什么不自己读呢?"我固执地问。

她还是直直地看着我,表情显得十分难堪。她显然是不愿意回答我的问题。但是,她好像很清楚,如果不回答这个问题,我就不会告诉她信里到底写了些什么。过了很久,她终于用很低的声音说出了令我吃惊的原因。她说她从来就没有上过学，她说她不认识一个字，她说她甚至不认识自己的名字。

我差不多四十年没有遇见过文盲了。我更是从来没有跟文盲做过邻居，或者对文盲的生活发生过兴趣。突然之间，这些年来与她的交谈和交往从我的脑海中一闪而过。我突然理解了她的那许多怪异之处：比如她对报纸的反感，比如她对上街的不安，比如她对医院的恐惧，比如她对年代的淡漠，比如她对历史的无知……我突然理解了这一切。而同时，我又觉得尴尬甚至觉得荒唐：为什么自己一直就没有意识到她是文盲？为什么自己会与一个文盲有那么多的交谈和交往？为什么我们的"厨艺"会相差那么远？为什么我做不出她随便就能做出的鲜豆浆和老鸭汤？

我习惯性地瞥了一眼信封上的邮戳。我知道这封信已经在她老公手里将近两个月了。我告诉她，写信的人不是"外面"的人，而是家里的人，是这个世界上唯一真正关心她和保护她的人。它事实上是她老公姐姐的"遗书"，是她在得知自己"时间不多"的情况之后，给"最亲爱的弟弟"写下的最后的文字。在简单地谈论了一下自己的病情之后，她老公的姐姐开始交代后事。

我一边为她读着这些交代，一边不时注意一下她的表情。她听得很认真也很动情。在信的最后，她老公的姐姐告诉"最亲爱的弟弟"，她一生中最得意的事情就是为他安排了美满的婚姻。她知道他得到了很周到的体贴和照顾，她知道他会继续得到很周到的体贴和照顾。她说，想到这一点，她就觉得可以放心地离开这个世界了。

读到这里，我注意到她流下了眼泪。她说刚结婚的时候，她还对自己的"媒人"怀恨在心，可是很快她的态度就完全变了。她将她当成这个世界上最亲近的人。她对她的依赖越来越深。她说她在葬礼上哭得死去活来，哭得最伤心。她还说她老公却自始至终一滴眼泪都没有流过。她觉得这很奇怪。她说她老公对他姐姐的态度好像也突然发生了变化。

如果我没有跳过信里最关键的内容，她应该就不会觉得奇怪了。她老公的姐姐在信中最长的那一段里说，她写下这封"遗书"的主要目的是想揭开一个秘密：为了"最亲爱的弟弟"的幸福，她曾经欺骗过他一次。她说她不想把这个秘密带到另一个世界上去。这个秘密就是，结婚的时候，新娘的实足年龄是二十岁而不是众所周知的"十七岁"。也就是说，新娘比她"最亲爱的弟弟"大两岁，而不是小一岁。在男方，只有她一个人知道新娘的真实年龄。她之所以要隐瞒新娘的年龄完全是想成全这门婚事，因为他们的母亲对儿媳妇的年龄有古怪的要求，她要求她的年龄"不能超过十八岁"。诚实的姐姐在信里请求"最亲爱的弟弟"原谅她。她说隐瞒新娘的真实年龄纯粹是为了他一生的幸福。

我跳过了这一段最关键的内容。我将信塞进信封的时候，再次提醒她千万不要胡思乱想。我用十分肯定的语气告诉她，她的老公不会在"外面有人"。可是，他的脾气为什么会变得这样暴躁呢?! 她不满地问。她说自从"十七岁"嫁给他以来，她没有说过一句让他生气的话，没有做过一件对不起他的事，他没有任何理由对她发那么大的脾气，更不应该动手打她。

她对自己结婚时的年龄的准确记忆令我极度不安。我不想再说什么。我看着她将信塞进上衣口袋里，我看着她站起来。我坐着没有动，因为我记得她说过不想让家里人看见我们在一起。我也不想被她的家人看见。我要与她偷出来的那封信划清界限。

她并没有马上走开。她又说出了她的口头禅，又深深地叹了一口气。接着，她的抱怨又开始了。她抱怨自己的病肯定是治不好了。她抱怨人活着没有任何意思。她还抱怨现在的人越来越不像话。接着，她又用轻蔑的口气谈起了她的儿媳妇。她说她儿子打她打得好。她说对她那种缺德的人怎么不好都不算过分。令我喜出望外的是，她还突然提到了以金鱼缸的破碎为高潮的那次争吵。她非常气愤地说如果不是被她儿媳妇的"疯话"气疯了，她儿子绝对不会下那样的手。"她居然好意思说出那样的话！"她咬牙切齿地说。

我相信她很快就会让我知道她儿媳妇到底说了什么"疯话"。我故意将脸侧到一边，不想让她看出我已经压抑不住的好奇，唯恐又像上次那样功亏一篑。没多久，我感到了她情绪激动的呼吸。她将脸凑到了我的耳边。她说她儿媳妇捂着脸，冲到她儿子的面前，大叫着说，她已经改变了主意，再也不会想着去"做"掉那个孩子了。她说她要将那个孩子怀好，生好，带好，让"你们"一家人天天都看着他。

这不正好符合了她儿子的意愿吗?! 这完全不是疯话。我刚这么想着，她却突然又站直了身子。我将脸侧过来，发现她正紧闭着双眼，并且用手按住了胸部。她的呼吸听上去非常急促。

我马上站起来,扶着她的身体。我担心她快要支撑不住了。我示意她坐下来。我提醒她不要再说话了。

她没有坐下来。过了一阵,她的呼吸慢慢变得均匀了,但是她仍然紧闭着双眼。她用很虚弱的声音对我说:"她用另一只手指着我儿子,她说她改变主意是因为……"她停顿了一下,然后用更虚弱的声音接着说:"是因为那个孩子不是他的。"

同居者

像许多哲学系的学生一样，他在大学二年级上学期迷上了马基雅维利。他用一个通宵读完了惊心动魄的《君主论》。那个通宵和那种阅读成了他生命中的转折点。从此，他对世界的看法完全变了。或者说，他从那个惊心动魄的通宵开始才真正对世界有了"看法"。他转过身去，激动地注视着窗外略带寒意的晨曦。马基雅维利深邃的思想令他热血沸腾。那种与生俱来的羞涩突然离他远去。他觉得自己从此不会再有恐惧了：他不会再惧怕社会，也不会再惧怕"他人"。他好像已经看到了自己的远大前程。

在随后的两个月里，他又将那本薄薄的书重读了三遍。他完全迷上了马基雅维利。他开始留意一切可以"接触"他的机会。在学期快结束的时候，他决定去拜访他所在大学里那两位因为研究马基雅维利而在全国学术界名盛一时的年轻教授。两位教授的办公室碰巧在办公楼的同一层。他们都很热情地接待了他。他们与他的交谈有惊人的相似之处：他们一开始都嘲笑自己的竞争对手。那位政治学系的教授嘲笑自己的对手"连英语都不懂"，而那位哲学系的教授则嘲笑自己的对手"除了英语以外什么都不懂"。他们都质疑对方作为马基雅维利研究者的

"合法性"。这相似的开局并没有破坏他的兴致。因为更多的相似接踵而至,令他备受鼓舞。两位教授对马基雅维利的态度极为相似:他们都强调研究马基雅维利的思想有利于认识中国的历史,他们都不满马基雅维利先前在中国学术界遭受的冷遇,他们都认为自己对马基雅维利的独立引进具有划时代的意义。在交谈快结束的时候,两位教授也都向他推荐了自己根据那两部经典英语传记编译的马基雅维利的"首部"汉语传记。

在他看来,那两种在封面上都自称是"首部"的汉语传记侧重面不同,对他认识马基雅维利事实上能够起到互相补充的作用。读完那两种传记,他对马基雅维利的迷恋进一步深化。他欣赏他的思想与斯多葛主义复杂的联系(他在体现这种联系的第25章里留下了自己的一些发现),他也欣赏他带有犬儒主义色彩的生活态度(比如他骄傲地宣称自己在学会享受"拥有"之前首先已经学会了与"没有"相处)。他甚至很冲动地写下了一篇短文,谈论马基雅维利终身的成就如何得益于他少年时代教育的缺陷。那两种"首部"汉语传记都提到了马基雅维利错过了古希腊文的启蒙教育。这本来只是个人生活中的一件小事,而在那篇短文中,他却"小题大做",宣称正是这种"错过"成就了马基雅维利。他冲动地写道,如果"没有"这种"错过",马基雅维利的世界观就可能完全是另外的样子,《君主论》就可能不会存在,世界本身也就可能变成了另外的样子。他在文章的结尾大胆地宣称,马基雅维利启蒙教育的缺陷实际上是人类思想史的"万幸"。

对马基雅维利越来越深的迷恋使他失去了对其他那些哲学家们的热情。他觉得那些重义忘利甚至那些在"义"和"利"之间犹豫不决的哲学家们都十分虚伪。出现在考试试卷上的所有那些题目终于更是令他感觉无聊透顶。关于"柏拉图'理念论'的意义"或者"休谟哲学中'印象'与'时间'的关系",他已经无话可说。他的成绩越来越差。他越来越不在乎他越来越差的成绩。他整天沉浸在马基雅维利深邃的世界里,"前不见古人,后不见来者"。

大学毕业之后,他被分配到家乡城市的一所中学里教书。因为学校教马克思主义哲学的教师过剩,校长在第一次与他谈话的时候就告诉他,他可以在低年级的语文课和高年级的历史课之间做出选择。他毫不犹豫地选择了"历史",因为他觉得那是可以与马基雅维利相结合的课程。在第一节课刚开始不久,他果然就迫不及待地提到了那位"比但丁还伟大"的意大利人。他说一本薄薄的《君主论》事实上揭开了人类历史的全部秘密。他还很冲动地对那些"幸运"的学生们说他真有点嫉妒他们，因为他自己是到了大学二年级才听说马基雅维利这动听的名字的。他说与他们相比，他自己多走了好几年的弯路。可是，他的学生们对自己的"幸运"没有任何感觉。他们根本就不喜欢与他们的前途没有任何关系的历史课。他们将他的课当成是上一节课与下一节课之间的课间休息。一位看上去稍微认真一点的学生在那节课快结束的时候心不在焉地问道："老师，历史到底有什么用处啊?"这是他自己从来没有问过的问题。在他看来，现实生活中的一小部分将会变成"历史"，这是现实生活的用处，或者说现实生活唯一的用处。可是的确，"历史"本身又有什么用处呢?

这心不在焉的问题让他每次走进课堂的时候都会感到闷闷不乐。他绝不会在上课铃响起之前走进教室。如果时间还早，他宁愿站在教室外面的过道里。他站在那里发愣。大学时代图书馆报刊室里那位年轻漂亮的管理员有时候会翻腾在他的脑海里。她是他们哲学系主任(一位知名的宋明理学教授)的女儿。

他像哲学系的所有男生一样，梦想着有一天能够走近她，向她发出勇敢的邀请（或者说"攻击"）。但是，直到毕业的那天他也没有勇气迈出那一步。他从马基雅维利坚定的思想里获得的力量不足以让他迈出那一步。他站在过道里发愣。他希望马上就会响起的铃声其实是下课的铃声。是的，第一节课还没有结束，他就已经厌倦了中学教师的生活。是啊，历史到底有什么用处呢？这是他回答不了的问题。他甚至会更消极，用"自己"去替换"历史"。是啊，他自己又有什么用处呢？这也是他回答不了的问题。这问题令他对学生时代的结束充满了惋惜，也令他对自己的前途充满了迷惘。他站在过道里发愣，直到有一天，他的一个同事走过来，用指尖在他的肩膀上轻轻捅了一下。"我们去看电影吧。"她轻松地说。这正是他一直想对那位漂亮的图书管理员发出的邀请。这轻松的邀请给他的身心带来了一种前所未有的快感。

他们去看了一部法斯宾德导演的影片。影片女主角的坎坷生活令他们深受感动。在送她回家的路上，他们激动地交谈起来。他说他从来没有看过如此揪心的影片。他说影片不可思议的结尾令他陷入了深深的迷惘。她不知是有意还是无意地碰了他的肘关节一下。接着,她就像念台词一样低声说:"迷惘是生命的本质。"他激动地瞥了她一眼。她说出的警句与他们身体谜一样的接触都令他激动。她没有侧过脸来。她的眼睛盯着远处一幢高楼上的霓虹灯广告。她低声说那警句出自她大学时代"当代中国文学"课的老师。那位自己也喜欢写小说(而且从来没有写出过像样的小说)的老师总是在课堂上很得意地重复这句话。

"你同意这种说法吗?"他激动地问。

"我不知道。"她低声说。她想起了她突然离家出走的哥哥。那一年,一切都是那么好:她考进了全省最好的大学,她父亲被提拔到了一个重要的岗位,甚至困扰她母亲多年的慢性关节炎都停止发作了。一家人都在兴奋地等待着家里的"第三代"的诞生。也许就是因为一切都是那么好,他们的父母决定要好好庆祝一下她哥哥的生日。他们在城市里最出名的餐馆定了餐。那是她终生难忘的"最后的晚餐"。在吃到一半的时候,她从来都沉默寡言的哥哥突然情绪激动地说:"这是最特别的生日。"这感叹立刻感动了他们的父母。坐在他身旁的母亲温情地抱住了他。而坐在他对面的父亲情绪变得比他还要激动。"是啊,"他说,"这是你成为父亲之前的最后一次生日了。"他停顿了一下,接着说:"我还清楚地记得自己成为父亲之前的最后那个生日。"他说着,看了自己的妻子一眼。她正在用纸巾为儿子擦去激动的眼泪。

他肯定马基雅维利不会同意那种关于生命本质的说法,因为"迷惘"多少还是一种与"道德"相关的状态,而"道德"是君主的敌人,为马基雅维利所不齿。但是,他感激他的同事在他感觉迷惘的时候突然说出了那样的警句,那好像是对他的现状的安抚。他现在的思想远没有第一次读到《君主论》的那个通宵那样清晰。他现在非常迷惘。是啊,不择手段地创下丰功伟绩又有什么用呢?他的学生关于历史的提问令他怀疑起自己从大学二年级以来的激情了。他觉得马基雅维利可能疏忽了一个不应该疏忽的问题。除了功利之外,生命可能还有另外的需要。那些需要可能会受良心和道德的制约。那些需要肯定会令生命充满了迷惘。"我很喜欢这部影片迷惘的结尾。"他说,"你呢?"

"我不知道。"她还是用很低的声音说。她还在想着她突然离家出走的哥哥。除了那一阵突然的激动和感叹之外,再也没有任何其他的迹象了。在那"最特别的生日"之后的第二天,她哥哥下班之后没有回家。而接下来的一天，他又没有去上班。他们问遍了所有的亲戚朋友，没有任何人知道他的下落。最后，他们将他毫无理由的失踪报告了警察。

"我不知道。"她又低声重复了一遍她的犹豫。她不知道是不是应该告诉她钟情了相当一段时间的同事自己生命中最大的秘密。她不知道是不是应该向在她的梦中已经与她同居的男人显露自己生命中最深的黑暗。一个月以后，警察也放弃了调查。在得知这放弃的消息之后的第二天，她偷听到她的父母与他们的儿媳妇之间最后的谈话。他们说，如果她愿意将那个孩子留下来，他们不仅愿意抚养孩子，也愿意她继续与他们住在一起。他们接着说，如果她不愿意留下那个孩子，他们也很理解，也不会勉强。在日常生活中比他们的儿子还沉默寡言的儿媳妇什么也没有说就离开了。这冷漠的反应显然出乎她父母的意料之外。她看到他们首先是面面相觑，然后是紧紧地抱在了一起，然后，他们嚎啕大哭起来。那是她第一次看见她的父母抱在一起。那是她第一次听见她的父母嚎啕大哭。

就像在她的梦中那样，他很快就搬进了她的房间里。他们将原来靠墙的单人床拖出来二十公分，将两个人的书码起来填补了这个空隙。他们趴在加宽的床上打牌、下棋、看电视、改作业……当然,还有做爱。他们发现他们对新生活有许多共同的兴趣。他们还发现他们对性生活并没有特别的兴趣。他们从来没有体验过被小说家们写得神乎其神的高潮。他们都觉得做爱并没有什么特别的乐趣和特别的奥秘。不过他们睡觉的时候总是紧紧地抱着对方。在他们的新生活中,这种拥抱比做爱更能满足他们对对方的渴望。但是非常奇怪,尽管他们入睡的时候抱得很紧,每次醒来(哪怕是在半夜里醒来),他们的手却总是已经松开了,他们的身体却总是已经分开了,有时候他们甚至还背对着背,就像是一对几乎闹翻的男女。这黑夜的魔术其实可能是一种预兆或者一个隐喻,而他们却从来都不这样看。他们甚至觉得睡梦中不知不觉的分离反而让他们感觉更加亲密。

同居的生活让他们忘记了生命的"本质",让他们感觉充实和满足。但是,他们不想让任何人(特别是他们的同事们)知道他们关系的级别。所以,他们特别注意在公开场合下的相处。他们在公开场合下从来没有亲热的举动。他们从来不一起到达和离开学校。尽管如此,他们已经同居的事还是很快就被人知道了。有的同事对他们突然冷淡起来,有的同事对他们突然热情起来。热情的同事们很快就公开用绰号称呼他们，叫他作"新郎"，叫她作"新娘"。这种粗俗的热情令他们难以忍受。他们越来越不愿意在学校里露面了。

有一天，他们一起被叫到了校长办公室。校长很诚恳地告诉他们有不少的同事和家长对他们的非婚同居有议论有看法。作为学校的领导，校长说，他有责任提醒他们不要因为"不负责任"的生活而损害了教师的尊严和学校的声誉。"事情已经发展到了这一步，"校长语重心长地说，"我觉得最好的解决办法就是马上办理结婚登记。"还没有等他们表态，校长又接着说，结婚登记其实是一件很简单的事。他甚至示意，如果结婚是一个错误，改正起来也同样非常容易。"将来不合适了……"他将自己一直手指交叉的双手摊开，轻松地说，"就这么简单。"

校长的干预令他们更加难以忍受。他们从来没有考虑过结婚的事。他们更不想这样被校长"逼婚"。他们决定离开。他们离开了对他们有看法的城市。他们来到了这座几乎没有任何人认识他们的城市，这座全中国最"开放"的城市。他们在罗湖区租了一套很小的房子。他们买了一张小号的双人床。他们仍然像从前那样趴在床上打牌、下棋、看电视、改作业……当然还有做爱。为了吸取从前的教训，他们选择在不同的学校工作。他们各自的同事们都认为他们仍然单身。一些关心他们的人还不时会安排他们与"合适的人"见面。实在拒绝不了的时候，他们不会拒绝。他们会将"合适的人"的情况带回凌乱的床上，与对方一起分享。"合适的人"的那些极不合适的特征和表现有时候会让他们笑得前仰后合。

在原居地的最后那个夜晚，在打包最后一批行李的时候，他无意中看见了那本两年前的《花城》杂志。他记得那上面有一篇题目很长而篇幅却很短的小说，写的是一对年轻的中国夫妇在一九九○年的一个清晨的经历。那一对忧郁的年轻夫妇惊奇地发现他们在前一天的深夜做了"同一个"噩梦：他们都梦见了自己生命的结束，同样的结束，同样暴力的结束。"他们就好像是法斯宾德影片中的人物。"他深有感触地说。他还清楚地记得自己两年前在读那篇小说的时候受到的震撼。

她坐在那只塞满衣服的纸箱上读完了那篇小说。"可是，他们没有选择影片的结局。"她说。小说中的年轻夫妇没有让他们同样的梦变成同样的现实。他们选择了活着，选择了与令人厌倦的生活不厌其烦地纠缠下去。她将杂志递给他。他接过杂志之后犹豫了一下，最后将它扔到了墙角的那一堆垃圾里。这时候，她再一次想是不是应该将自己生命中最大的秘密和最深的黑暗展现给已经与自己同居了将近半年的男人。她的父母从那以后就再也没有见到过他们的儿媳妇了。他们听说她两年之后又结了婚。他们还听说她婚后不久生下的那个孩子只活了五个小时。他们有一天在餐桌上感叹说他们的儿媳妇真是一个苦命的人。

她再一次否定了自己的想法。她不知道自己为什么不愿意让与自己的生命和身体最接近的男人知道自己生命和身体里最大的秘密和最深的黑暗。很多年以后，她还在试图寻找这"不愿意"的原因。她好像是担心失去他，又好像是害怕拥有他（或者说完全被他拥有）。她总是在这种对立的担心和害怕之间摇摆。来到这座"开放"的城市之后，她的摇摆变得更加强烈。这座"开放"的城市里好像危机四伏。她觉得那些"危机"有一天会危及她现在的生活，他们的生活。她已经习惯了与他同居的生活。她在这种生活中找到了自己的身份。她正在扮演越来越"传统"的角色：她习惯了他回来以后的一声不吭或者愁眉苦脸；她习惯了他在下棋或者谈话的时候的那种心不在焉；她习惯了独自去菜市场采购以及独自在厨房里张罗(他偶尔进来插手反而会让她感觉很不舒服);她习惯了晚餐之后由她来收拾零乱的餐桌;她习惯了周末不再有任何浪漫的安排;她习惯了她躺下之后他还在盯着他其实不感兴趣的电视节目;她甚至习惯了他躺下之后不再紧紧地抱着她;她也习惯了她醒来之后他已经不在身边或者她起来以后他仍然一动不动地躺在床上……她习惯了所有这一切。

可是,她父亲的电话打破了她的这种习惯。她放下电话之后,感到了一种从来没有感到过的空虚。她几乎感觉不到自己的存在了。她的身体轻得就像是一股气流,一阵呼吸。她用力抓住床铺的边沿。她甚至想大哭一场,用沉重的忧伤来压住失重的身体。可是,她哭不出来,因为她几乎感觉不到自己的存在了。她哭不出来。她只能用全力抓住床铺的边沿,不让自己像气流或者呼吸一样飘散。在她就快支撑不住的瞬间,她突然听到了自己内心的声音,那好像是来自时空尽头的声音,很微弱的声音。她听到那声音说:"我要结婚。"

"我要结婚。"她重复了一遍那微弱的声音。

他大吃一惊。他没有想到刚下班回来就会听到这样一句他不想听到的话。"出什么事了吗?"他吃惊地问。他突然觉得她离他很远,比从天上飘过的云还远。

她的眼睛仍然直直地盯着前方,根本就没有看他。"我要结婚。"她继续说,还是那很微弱的声音,就好像是自言自语。

他坐到了她的身边。他将手搭到她的肩膀上。"出什么事了吗?"他不安地问。

"我要结婚。"她还是像自言自语似的说,眼睛直直地盯着前方。

他意识到她的确离他很远,远到根本就不需要他的安慰,远到根本就不在乎他的反应。他站起来,充满迷惘地走进了厨房。他勉勉强强地做好了晚饭(他不记得自己已经有多久没有动手做过饭了)。他走到床边,想将她拉起来。"我们一起吃饭吧。"他说。她没有让他拉动她。他试了几次之后终于有点不耐烦了。他独自在餐桌边坐下。他故意选择了背对着她的位置。他慢条斯理地吃完,又慢条斯理地将桌子收拾干净。然后,他将灯关掉。然后,他走到床边,在她的身边坐下。他们默默地坐着。她还是直直地盯着前方。而他一会儿低着头,一会儿仰起头。从外面渗进来的灯影在地板和天花板上晃动,令他心烦意乱。

他在这种心烦意乱的状况中经历了他们一起去看那部法斯宾德的影片以来最难熬也是最难忘的一个通宵。

天蒙蒙亮的时候,她突然开始收拾行李。"出什么事了吗?"他用疲惫的声音问。她告诉他她的母亲快不行了。"要我一起去吗?"他完全是不假思索地说。她用很冷漠的目光看了他一眼,就好像是说:"你是谁? 你去干吗?!"那种目光让他恐惧。他什么都不敢说了。他等着她从学校办好请假手续回来。她请了两个星期的假。她没有反对他送她去机场。他们在安检口很冷淡地分手。这时候,她才告诉他,其实她的父亲早也就快不行了。不过昨天的电话却是关于她母亲的消息。尽管她母亲的癌症比她父亲的晚八个月才发现,她父亲昨天却得到了她母亲"时间已经不多了"的确认。她父亲希望她能够马上赶回去,希望她们母女能够见上"最后"一面。

他很难受。他不仅因为这消息难受,更因为她一直没有让他知道她父母都得了癌症的事而难受。他抚摸着她的头发。他充满迷惘地看着他。突然,他感觉她在他的肩膀上轻轻地捅了一下。那是记忆还是现实? 那是错觉还是感觉? 是的,他还记得那最初的感觉。正是她那个轻松的动作将他带进了他们现在的生活，将"他们"带进了他们现在的生活。现在的生活使他渐渐淡忘了马基雅维利，也渐渐淡忘了马基雅维利让他看到的那种远大前程。他像所有普通人那样活着，活在现在的生活中，活在日常的生活中。"等你回来之后，我们就去登记结婚吧。"他突然用激动不已的声音说。

她用一种令他感觉陌生的微笑回应他，好像他离她很远，比从天上飘过的云还远。

她延长了一个星期，一直到处理完母亲的丧事才回来。回来的第二天下午，他们就去办理了结婚登记的手续。办事员将结婚证递给他们的时候微笑着恭喜他们。他微笑着回答说谢谢。他注意到她什么也没有说。他不知道她又想起了她突然失踪的哥哥以及她突然离世的母亲。

从登记处出来，他们没有去餐馆庆贺迟到了多年的这种形式上的结合，而是直接回到了他们已经习以为常的"家"里。他们一起在厨房里张罗。他们做了他们同居的第一天（也就是他们实际上的结合开始的那一天）做的同样的菜。像那天一样，他们九点钟不到就躺下了。他像那天一样抚摸她，亲吻她。她像那天一样轻轻地闭着眼睛。床头灯昏暗又温情的灯光荡漾在她带着很深倦意的脸上。他突然想起了那篇小说中那一对在同一个夜晚做了同一个噩梦的年轻夫妇。他觉得他们自己的关系就像他们的关系一样因为"死亡"而升华到了更高的境界。"新的生活就要开始了。"他深有感叹地说。他以为她会对他的感叹做出激情的回应。

她的冷淡令他迷惘。她睁开了眼睛，却并没有看着他。他从她没有光彩的目光里知道她的思想仍然飘浮在很远的地方。"可是……"她说。她没有将想说的话说出来。接着，她将身体侧向了一边，用背对着他。

她没有反对他用身体贴住她的后背。她也没有反对他将手绕过来，用手掌捧着她的乳房。但是，与他们同居生活开始的那一天不同，这一天（他们形式上结合的这一天）没有以他们平平淡淡的做爱而结束。

在新的生活中，她仍然扮演着"传统"的角色。她仍然不习惯他进厨房来帮忙。她称那是帮"倒"忙。不过同时，她也突然不习惯自己独自在厨房里张罗了。紧接着，她发现她对生活有了越来越多的"不习惯"。新的生活没有给她带来任何的新意。它只不过就像是被她父亲的电话打乱的生活恢复了正常。她不知道自己为什么会突然不习惯这种恢复和这种正常。这是怎么回事？她几乎每天都这样质问自己。新的生活没有让她感觉到"升华"，而是让她感觉到了"蒸发"。他们源于法斯宾德那部影片的生活突然让她充满了迷惘。她有点恐惧。她不想被"生命的本质"吞噬。她将注意力尽可能地放在她父亲的身上。她每天都给他去电话，了解病情的发展和治疗的进展。化疗的效果一点也不理想，这消极的消息将她深深的迷惘恶化成了深深的绝望。

暑假正式开始的前一天她就匆匆离开了。她并没有想到整个暑假会在家乡度过。她也没有向他发出同行的邀请，尽管他现在已经有了"法定"的身份。她不知道为什么不想与他同行。他也不知道自己为什么没有像她上次离开的时候那样，问是不是需要他的同行。他们仍然在机场安检口前分手。她最后的交代居然是不要给她打电话，"我只想安安静静地待一段时间。"她说。

守护在垂死的父亲身边，她事实上不可能有片刻的安静。她父亲最后的表现十分优雅。大家都这么说。但是，这并没有给她多少的安慰。她已经对生命充满了迷惘，已经没有任何事情能够带给她任何的安慰。

　　安葬好父亲的骨灰之后,她没有马上回来,因为有许多"善后"工作要由她来处理。她的两位堂姐陪她住了一段时间。开始那几天,她们每天晚上都彻夜长谈,她们回忆起小时候发生过的许多事情。但是,她突然就变得沉默寡言了。她想起了他的出现带给她的那种强烈的孤独。他是比她晚一年分配来学校的同事。她听说他在大学里学的是哲学。她发现他总是站在教学楼的过道里发愣。那种强烈的孤独让她在秋天里的睡眠变得越来越差。她知道要想根治神经系统的紊乱只有一个处方:她终于鼓足勇气走到了他的身后。她用指尖在他的肩膀上轻轻地捅了一下。"我们去看电影吧。"她装着很轻松的样子说。那种铭刻在她生命里的孤独让她突然就对堂姐们仍然感兴趣的话题失去了兴趣。过去一去不复返了! 她充满迷惘地想,如果那一天没有向他发出那样的邀请,她的生活就不会发生所有的这些变化,她就会有更多的时间陪伴在父亲和母亲的身边。她因为一去不返的过去而感觉极度的空虚。

　　她一直到新学期开学的前一天才回来。他不知道她回来的时间,也没有去机场接她。她在走进门的瞬间就立刻感到了她在离开之前的那一段时间里已经强烈地感到了的那些"不习惯",尽管房间里看上去没有任何的变化,尽管他看上去没有任何的变化。他接过她的行李。他们在仍然凌乱不堪的床边坐了一下,好像都没有什么话说。是他的提议打破了他们之间的沉默。他提议去街口的那家素菜馆吃饭。她没有反对。

他们习惯坐的那张餐桌正好空着。她坐下来的时候,习惯性地环顾了一下四周。经过一个笼罩着死亡气息的暑假,这熟悉的环境已经让她感觉不习惯了。但是,她没有说什么。她在他点菜的时候提醒他说她其实什么都不想吃。他随便点了两个菜。他说他其实也什么都不想吃。然后,他心不在焉地问起了她父亲临终时的情况。她什么都没有说。她什么都不想说。"你呢,"她心不在焉地问,"你过得好吗?"

他用很平静的声音说他过得不错。其实他应该激动地说是过得"很好"。这是他们一起去看那部法斯宾德的影片以来最久的一次分开。这是他从那天以来第一次感觉到她的不在的"好"或者他们的分开的"好"。当然,他不想让她看出他的这种"好"感。他的声音很平静。他的表情也很平静。他完全没有想到自己说着说着最后会说出那句也许不应该说出的话。他说自从办了结婚登记手续以来,他突然觉得他们的生活变了,变得他"不习惯"了。"这是我一个人的感觉吗?"他平静地问道。她想起了他们搬离故乡城市前一天晚上读到的那篇小说。她吃惊他的同感。但是,她没有暴露她的同感。她平静看着"不习惯"与她在一起生活的丈夫。她的脑海里突然又出现了父亲临终前的样子。她无法理解那曾经可以称得上"魁梧"的身体怎么可能枯瘦成那种样子。"也许你是想与我分开过?"她问。

"其实——"他平静地说,"我并没有这样想。"说完,他将脸侧向了一边。他没有勇气正视她的目光。

这时候,她又感到了那一种强烈的冲动。她想向他显露她生命中最深的黑暗,她想让他知道她生命中最大的秘密。可是,她又一次压制住了自己的冲动。一个服务员走到他们的桌旁,为他们的茶壶加水。这个平常的细节帮助她压制住了内心深处强烈的冲动。她知道这是他最后的机会。她知道他永远也不可能知道那最大的秘密对她一生的影响。

在办好离婚手续两个月之后,他给她打来了一个电话。他问她过得怎么样。她说她过得很好。"那就好。"他平静地说。接着,她也礼貌地问他过得怎么样。他也说他过得很好。他说他又开始钻研马基雅维利的著作了。他说他还是为他深邃的思想所陶醉。他说他很想将来能够写一本关于他的书。"经过这么多年的折腾，我觉得自己并没有什么改变。"他平静地说。

"是啊，"她说，"人其实不可能改变，就像生活本身一样。"

她不知道她这是对他的肯定还是对她自己的安慰。

神童

只有我自己知道我没有参加那次庆功会的真实原因。那是市教委为我和我的老师举行的庆功会。那是为我获得了全国业余钢琴大奖赛少年组一等奖而举行的庆功会。会议组织者将会议的安排通知我父母的时候说，那一天全市所有的媒体都会派记者到场，而主管文教的副市长还将在庆功会上致辞并亲自为我和我的老师颁发奖金和奖状。

　　但是在开会之前二十分钟，会议组织者突然接到了我父母的电话。他们说我因为高烧一直不退，肯定不能在庆功会上露面了。他们说我是两天前开始发烧的。他们说医生已经做了最大的努力，我的病情却还是不见好转。他们向会议组织者表示非常抱歉。他们说他们自己仍会按计划出席庆功会，为我代领奖金和奖状。不过，他们将肯定没有时间和心情接受媒体的采访。他们希望会议组织者能够体谅他们的处境。

　　实际的情况是，我父母那时候根本就不知道我的去向。天刚蒙蒙亮，他们就已经发现了我没有在自己的房间里。他们四处寻找，找了将近八个小时，还是没有任何结果。他们不得不打那个电话。他们不得不那样撒谎。他们以为我第二次离家出走了。我的第一次离家出走发生在他们拒绝我更换钢琴老师的请求之后。他们最后是接到广州火车站铁路公安办公室打来的电话才知道了我的下落。这一次,他们却完全"以为"错了:我根本就没有离家出走。我就躲在我们楼下的配电间里。天还没有亮,我就躲进去了。我决定一直躲到庆功会开始之后再出来。

我父母参加完庆功会匆匆赶回家的时候,我已经坐在自己的房间里了。他们如释重负。他们没有问我任何问题。他们应该知道,如果不是因为他们又一次断然拒绝了我的请求,我不会采取如此激烈的行动。我是两天前向他们提出不去参加庆功会的请求的。如果他们稍微耐心一点,让我有时间把话说完(也就是让我说出早已经编好的理由),事情肯定不会发展到这种地步。但是,他们不由分说地拒绝了我的要求。他们甚至说,我即使是发高烧发到了走不动的程度,他们也会将我架到庆功会的会场上去。

我父母一起走到了我的床边。他们没有责备我,也没有问我任何问题。他们只是说我没有去参加庆功会非常可惜。他们说副市长在会上的致辞令人振奋。他们说我的老师关于我这一两年琴艺飞速长进的介绍更是引起了到会的所有家长和琴童们的兴趣,将庆功会的气氛推向了高潮。我一直低着头。我耐心地等待着我父母把所有的话都说完。在他们最后准备将奖状打开给我看的时候，我突然抬起头来，向他们宣布了我如果去参加庆功会的话就会在那里当众宣布的决定。"我再也不会碰琴键了。"我坚定地说，"你们打死我，我也不会再碰了，一辈子都不会再碰了。"

……十三年过去了，这一切都还历历在目。

那时候我只有现在一半的年纪。那时候我是这座城市里引人注目的"神童"。那时候我受家人的宠爱，受社会的关注，受媒体的追捧。那时候我是所有孩子的榜样，更是所有家长用来评估自己孩子的坐标。所有人都知道我十三岁生日那天上午市长亲自打来了祝贺的电话。所有人都知道我在那次生日之前不久举行的全省初中生数学和作文比赛中都得了一等奖。所有人都知道我正在用原文阅读《哈利·波特》。所有人都知道我的国际象棋在我们这座城市里已经没有二十岁以下的对手……大家甚至记得我十二岁那年不仅已经熟知梁山泊全部好汉的姓名、绰号和座次，还读完了《战争与和平》和《西线无战事》。大家甚至还记得我十一岁那年就已经能够背出《滕王阁序》和《过秦论》。大家甚至还记得我十岁那年发现了高考语文试卷上的一个错误。大家甚至还记得我九岁那年就能够随口说出耶路撒冷的面积和塞拉利昂的人口……关于我的钢琴，大家知道的当然就更多了：我几岁开始学琴，几岁开始得奖，几岁考过了几级等等等等都是报纸上重复过多次的内容。所有强迫孩子学琴的家长都用我的进度来测量和要求自己的孩子。我是这座城市里引人注目的"神童"。而根据一位儿童心理学家的研究，我最"神"的地方还在于我没有其他的"神童"都有的那些怪癖，比如偏执、比如忧郁、比如孤僻。所有人都知道我的心智十分健全。我一直都在担任班级和学校的干部，我经常去书城和图书馆做义工，我对邻居们很有礼貌，我在同学们面前非常谦恭……一句话，我是全面的"神童"，我是健康的"神童"，我是快乐的"神童"。所有人都知道这一点。

但是，只有我自己知道包括我父母在内的这"所有人"对我是多么的无知。他们看不到也不可能看到我耀眼的生活后面的黑暗。他们尤其不可能知道我在十三岁生日前后那半年多时间里的特殊遭遇。我在那一段神秘的时间里先后与"天使"和"魔鬼"相遇，身心遭受了巨大的折磨和震荡。没有人知道这一点。也没有人愿意知道这一点。庆功会本来是我的机会。我本来想利用那次机会让"所有人"都知道他们对我是多么的无知。但是,我突然退缩了。我突然向我父母提出了不去参加庆功会的请求。我突然不愿意向别人显露自己心灵上的创伤了……可是,我父母根本就没有耐心听我把话说完。他们说那是为我举行的庆功会,我必须去参加。他们以为我不去参加会让他们丢尽面子。他们不知道我去了才会让他们丢尽面子。

如果我去参加了庆功会,所有人就会知道我遇见的"天使"比我大十五岁。她是我的表姐。她在那个初秋的傍晚从石龙赶来。她的脸上没有一点光泽,目光里没有一点生机。她显得极为疲惫。我将近两年没有见过表姐了。我没有想到她突然变了样子:她已经不再是单纯的"表姐"了,她已经变成了一个对我充满诱惑的女人。哪怕她显得那样疲惫,我还是立刻就嗅到了她带来的那种特别的"气息"。那是从她生命深处渗透出来的"气息",那是女人的"气息",那是充满诱惑的"气息"。当她将手轻轻放在我头顶上的时候,我的身体畅快又羞涩地痉挛了一下。

母亲临睡前过来督促我关灯睡觉。她顺便告诉我,表姐要在我们家里住一段时间。我问为什么。母亲说因为她自己的家里已经不能住了。我又问为什么。母亲低声问我是不是看见了表姐左颊上的那一道伤痕。那是很明显的伤痕,我当然看到了。母亲说那是表姐夫用滚烫的锅铲打出来的。我又问表姐夫为什么要打表姐。母亲说她不知道也不想知道。她还提醒我千万不能向表姐打听那道伤痕的来历。

表姐在我们家住了两个星期。那是我生命中最神奇的两个星期。那两个星期里,母亲安排我睡在客厅的沙发上,而让表姐睡在我的房间里。那两个星期里的每天晚上,我都很难入睡。在我辗转反侧的时候,我总是听见表姐在我的床上辗转反侧。这种对应让我觉得"夜晚"是我们单独相处的地方……应该说还有未来。我有好几次看见了"我们"单独相处的未来:我看见自己已经变成了一个英俊潇洒的年轻人,而表姐还像现在这样年轻漂亮。她穿着颜色鲜艳的围裙,从厨房里端出了我喜欢吃的麻婆豆腐和粉蒸排骨。我盯着她洁白的臂膀,那一阵畅快又羞涩的痉挛又穿过了我的身体……那是我生命中最神奇的两个星期。夜晚的躁动和兴奋让我白天神情恍惚。我对任何事情都没有办法集中自己的注意力。不管是在黑板上、在琴谱上还是在天空上,我看到的都是表姐的身影:她鼻尖上的汗珠,她嘴角上的纹理,她飘动的头发,她隆起的胸脯,她大小臂挤压在一起而形成的那道诱人的缝隙……那是我生命中最神奇的两个星期。我每天下课之后都会以最快的速度往家跑。我只想尽快回到表姐的身边。我只想闻到从她生命深处渗透出来的那种女人的"气息"。

　　星期五的晚上，父母亲要去医院看望一位突然中风的同事。他们匆匆吃完晚餐就离开了。我第一次（也是唯一的一次）有机会与表姐单独相处。我们都还没有吃完。我故意减慢了吃饭的速度。我根本就不想吃完。我一边吃着，一边感受着与表姐单独相处的美妙。每次我们目光相遇的时候，表姐的脸上都会出现温情的微笑。我觉得那是只属于我的微笑。那微笑带给我至高无上的美感。那是音乐无法带给我的美感。那是任何其他人都不可能获得的美感。突然，我有点神魂颠倒了。我感觉自己已经变成了一个英俊潇洒的男人，我觉得自己已经进入了未来的世界。"他为什么要打你？"我突然很气愤地问。表姐微笑着看着我，似乎并没有觉得这是我不应该问的问题。"因为……"她说，"因为他知道我不爱他。"我没有想到表姐会这样回答。"你不爱他为什么还要跟他结婚？"我接着问。表姐放下碗筷，将身体靠到了椅背上。"我也不知道。"她说，"生活中不是所有的事情都可以问为什么的。"我没有被她的这句话吓倒。我还有许多的"为什么"想问。"那你为什么不跟他离婚?"我继续问。表姐用迷惘的目光看着我。"因为他不想离婚。"她用沮丧的声音说。我比她还要沮丧。我不知道人为什么会生活得如此地无奈。"你从来就没有爱过他吗?"我继续问。表姐很伤感地点了点头。"我爱另外的一个人。"她说。这"另外的"信息让我感到了一阵欣慰,好像那另外的人就是我自己。"你为什么不跟他结婚呢?"我迫不及待地问。"我不可能跟他结婚。"表姐说。"为什么?"我问。"因为他死了。"表姐突然非常激动地说,"因为他已经死了。"我全身颤抖了一下。我不敢再问任何问题了。我不想让表姐伤心。我低下了头。我想起了我见过的第一个死人。那是一个在水库里淹死的初中生。那一年我才七岁。我挤进围观的人群。我盯着那惨白的尸体。我突然知道了死亡的恐怖。而那还只是一个与自己没有任何关系的人,自己爱人的死又该会有多么恐怖呢?!

没有人知道我与表姐之间的这次对话。更没有人知道这次对话对我的心理和生活造成的影响。这次对话让爱情和死亡在我的心中交汇,孕育了我终生都无法摆脱的忧郁和恐惧。那天晚上,我就在这忧郁和恐惧的阴影下练习巴赫的《哥登堡变奏曲》。当弹到第十六首变奏曲的时候,我听到了从音乐深处传来的一个很神秘的声音:"他没有死,他没有死,他没有死……"这声音在短短的一分钟时间里不断重复,让我感受到了音乐的崇高和演奏的庄严。我发誓要加倍努力,要像大家期待的那样在下一次钢琴比赛中得奖。我要用殊荣来抚慰受伤的"天使",我要用殊荣向表姐传递那神秘的信息:她的爱人没有死,他正在以不可思议的速度长大成人……就在这时候,从卫生间里传来的冲水声打断了我的思绪。我意识到表姐刚刚上完了厕所。这种低俗的"意识"马上带给了我一阵强烈的羞愧。我的手指停了下来。我将脸贴到了琴键上。我想让自己摆脱羞愧的纠缠。可是这时候,花洒喷水的声音又出现了。我意识到表姐上完厕所之后接着还要冲凉。我意识到她已经脱光了衣服。我听到了她拉动浴帘的声音,接着是从她身体上反弹出来的流水溅洒在浴帘上的声音……强烈的羞愧立刻被更强烈的好奇代替了。我慢慢地离开了琴凳,慢慢地走出了房间,慢慢地将脸贴到了卫生间门的毛玻璃上……我什么都看不到。但是,我能够"听到"。我能够从水声的变化里"听到"表姐体态的变化。那充满诱惑的变化让我全身激烈地颤抖起来。我感觉自己已经到了崩溃的边缘。我感觉左下腹部猛烈地抽搐了一下。我感觉一股热浪喷出了我的身体。我感觉羞愧难当。

我只见过一次表姐夫，就是他来将表姐接走的那一次。他看上去果然像亲戚们谈论的那样温文尔雅。我无法将他与用滚烫的锅铲毒打表姐的那个人联系在一起。他将表姐接走了（或者应该说是表姐跟着他走了?!）。我望着他们远去的背影，一种浓烈的怨恨油然而生。我没有恨将我的"天使"接走的那个人，我恨的是我的"天使"。"为什么她要跟他走?"我绝望地向母亲提问。母亲心不在焉地回答说:"她要回家啊。"这粗糙的回答在我受伤的心灵上又刺了一刀。"那不是她的家。"我绝望地说。"你这是什么意思?"母亲心不在焉地问，"那你说哪里是她的家?"我低下了头。我知道我不能说。我不能说表姐的家在远方，在未来。我不能说她的家就是我的家。我恨表姐。我无法原谅她突然抛下我，跟着她不爱的人走了。我恨表姐。我无法原谅她让我短暂的初恋变成了我的第一次失恋。

……十三年过去了，这一切都还历历在目。

如果我去参加了庆功会，我一定会情绪激动地指着站在身边的那个秃头对所有人说："就是他！"他是我的老师或者说恩师。这是所有人都知道的事实。而如果我出现在庆功会上，我会让所有人都知道，他还是一个"魔鬼"，一个差点将我推进地狱的"魔鬼"。

我们之间的机缘是那次全省的少年钢琴比赛。他是那场比赛的评委，而我当时还不到十一岁，是比赛中年纪最小的得奖者。比赛结束之后，他走到我父母身边，夸奖我很有潜力，并且说他愿意收我为学生。我的父母异常兴奋，因为他是有口皆碑的老师，因为所有家长都梦想自己的孩子能够得到他的指点，因为他的"愿意"不仅标定了我的水准，还预设了我的前景。

经过他一年的指导，我的琴艺果然突飞猛进。那是愉快又正常的一年。每次上课，母亲都会陪在我的身边。每次课后，母亲都会对名师的教法仔细评点。她说我太幸运了，能够得到如此精到的指导。她对我的进步也同样赞不绝口。母亲甚至改变了她一贯的态度，开始认为我应该确定以钢琴为终身的专业。

异常是从第二年的夏天开始的。我母亲那天对我说，像我这么自觉的孩子其实没有必要每次都由家长陪着去上课了。我后来知道这其实是"魔鬼"自己的说法。我母亲因此决定不再每次都陪着我去上课了。她说这是对我的一种"锻炼"。这种"锻炼"导致了异常情况的出现。我很快就注意到,母亲在场与不在场,"魔鬼"对我会有不同的态度。母亲不在场的时候,他对我会特别亲热。上课的时候,他不仅会有许多手把手的动作,他还经常会用手在我的肩膀或者后背上搓揉。而在下课之后,他不是简单地拍拍我的头,而是还要紧紧地抱我一下,才对我说再见。

表姐对我的影响也没有逃过"魔鬼"的眼睛。那最神奇的两个星期里,他每次上课都发了脾气。他指责我注意力太不集中,他指责我眼睛盯着的好像不是乐谱。而我"失恋"之后的第一个星期,尽管我更不在状态,"魔鬼"却显得非常随和。他好像知道我生活中发生的变故,他好像很高兴我已经"失恋",他好像有点幸灾乐祸。就是在那一天,他第一次将他的手放在了我的大腿上。他用他肥胖的手指在我的大腿上演示指法和力度。他的指尖与我大腿皮肤的接触让我感觉肉麻。但是我不敢反对,因为他说那是他发明的特殊方法,他说在大腿上演示容易将各种技术上的要求刻入我的大脑。而那天下课之后,情绪亢奋的"魔鬼"不仅紧紧地抱了我,还在我的嘴唇上亲了一下。这让我感觉羞愧难当。

那一天，我急急忙忙往家赶。我想马上将"魔鬼"的异常表现告诉母亲。但是跨进家门的一刹那，我突然改变了主意。强烈的羞耻感让我改变了主意。我怕母亲批评我或者笑话我，我更怕母亲不相信我。我决定不让母亲知道这件事，永远都不让她知道。接下来的那一次课，母亲本来是说好要陪我去上的，但是我在上课的前一天晚上告诉她，我不想要她陪了，我想自己去。我至今也不是太清楚自己为什么会那样做。我也许是怕她知道了我和"魔鬼"之间的秘密。这是一个非常错误的决定。它让"魔鬼"看透了我的懦弱。他看出了我完全没有反抗的勇气和能力。

他从此变得更加肆无忌惮了。在接下来的那一段时间里，只要母亲没有陪我，他就一定会反复使用他发明的"特殊方法"。终于有一天，弹着弹着，他的手指离我腹股沟越来越近。我正在不知所措的时候，他继续前进，将手指伸到了我的裤裆里。伴随着恐惧感和羞耻感，我的身体出现了迅速又强烈的反应。"你看，它懂音乐。""魔鬼"用启发式的声音说，"音乐让它强大无比。"我根本就不敢往下看。我固执地盯着琴谱。我没有中断我的弹奏。但是，我根本就不知道自己在弹奏什么。我的眼前又出现了表姐湿漉和变化的体态,我好像又将脸贴到了卫生间门的毛玻璃上。我怀疑"魔鬼"已经知道了我的秘密。我感到无地自容。这时候,我的身体又被推到了崩溃的边缘。我紧紧地夹住双腿,想制止住身体的崩溃……已经太晚了,那股曾经令我羞愧难当的热浪又喷出了我的身体。"魔鬼"的脸上出现了我从没有见过的得意笑容。我还不知道应该如何反应,"魔鬼"竟做出了让我更觉得无地自容的举动。他低下头,在我湿透的裤裆上亲了一下。

我冲动地站起来,冲动地收好琴谱,冲动地冲出了"魔鬼"的家。回到家里,我马上对我父母说我还是想跟原来的老师去学琴。我父母问我为什么突然会有这种想法。我说我还是比较喜欢女老师。"你这孩子怎么会有这种怪癖?!"我母亲说。而我父亲斥责我不知好歹,辜负了恩师的厚爱。他们不同意我更换老师。他们说我现在已经到了大赛的前夕,这是我有生以来遇到的最大的挑战,不管有什么理由,我在这时候都不应该更换老师。我母亲鼓励我坚持下去,我父亲说坚持下去才能够捍卫"神童"的"尊严"。

那天晚上,强烈无比的羞耻感让我根本就无法入睡。许多稀奇古怪的意念在我的头脑中横冲直撞。其中最让我无法承受的是我的小麻雀变成了一只小爬虫。而那小爬虫又越长越大，越长越长，最后变成了一条大蟒蛇。那条大蟒蛇缠绕着我瘦弱的身体。我每到一个地方就会看见人们对着我指手画脚。在城市广场的一角，一个魔鬼举着火把向我逼近。大蟒蛇迅速散开，与魔鬼展开了搏斗，几个难舍难分的回合之后，一股白热的毒液从大蟒蛇嘴里喷出，将魔鬼顷刻间化为了乌有……这些稀奇古怪的意念让我的身心更加疲惫。

有一刹那，我甚至想到了自杀。那是我一生中第一次想到自杀。我想只有那可怕的死亡能够抹去我无法承受的羞耻。是表姐将我从绝望的感觉中领带了出来。我突然想到了她。我想去找她。我想告诉她我不能告诉任何人的这一切。天还没有亮，我从床垫下翻出我积攒压岁钱的信封，然后悄悄溜出了大门。我在小区的门口上了一辆出租车。我让疲惫不堪的出租车司机将我送到火车站。我在那里买了一张去石龙的火车票。

刚上车，我就感到了强烈的睡意。我马上就靠在窗户上睡着了。我不知道火车已经经过了石龙车站，我甚至不知道火车已经到达了终点站广州车站。是列车长将我叫醒的。她马上就发现了我是离家出走的孩子。她将我交给了火车上的乘警,乘警又将我转交给广州火车站铁路公安办公室。母亲接到铁路公安的电话后马上就赶了过来。

在回家的大巴上,母亲问了我一些问题,我都没有回答。我的头靠在车窗玻璃上。我的右手手指在车窗玻璃上机械地重复着《哥德堡变奏曲》最开始的那几个小节。突然,一个奇怪的想法出现在我的头脑中。我决定认真练琴,争取在不久举行的全国比赛中获奖。我知道获奖之后我们城市将会为我们举行隆重的庆功会,我和"魔鬼"将会一起站在主席台上。那是我的机会。我会指着他的秃头对所有人说:"就是他!"这个想法让我振作起来。我告诉母亲,我已经不打算更换老师了。不过,我希望她还是每次都陪我去上琴课。"现在每节课的内容太多了,"我说,"我自己根本就记不住。"

……十三年过去了,所有这一切都还历历在目。

后来的许多事情大家都很清楚:我果然在比赛中得了奖。市教委果然要为我和"魔鬼"举行庆功会。那正是我为自己创造的机会。但是在开会前两天,我退缩了。我知道我没有勇气将自己蒙受的羞辱公之于众。我父母不理解我。他们拒绝了我不去参加庆功会的请求。我只好用"失踪"来逃避。躲在配电间的那一段时间里，我为自己的退缩而羞愧。我更为钢琴带给我的耻辱而羞愧。我决定再也不碰琴键了。我必须远离钢琴。我必须忘记钢琴。我的决定并没有让我父母大惊失色。我上一次离家出走的经历仍然让他们记忆犹新，仍然让他们心有余悸。他们回到自己的卧室里去了。他们在那里发生了激烈的争吵。然后，我母亲独自从卧室里走出来。她走到我的身边，扶着我的肩膀，用很温和的声音提醒我应该抓紧时间复习学校的功课，因为期中考试就快到了。我从这句与我的决定无关的话里听出了父母们刚才争吵的结果：他们妥协了。这是他们对我的第一次妥协。

……十三年过去了，所有这一切都还历历在目。

是"魔鬼"的死让我重新想起了这一切。我从此再也没有碰过琴键了。我也放弃了包括阅读和国际象棋在内的所有业余爱好。我变成了一个对什么都没有兴趣的孩子。我的学习成绩也迅速下降。我虽然勉强考上了全市最好的高中，但是高中阶段的学习成绩却继续下滑。最后，我只考上了位于汕头的一所普通大学。我学的是文秘专业。大学三年级的上学期，我受强烈的厌学情绪困扰,曾经一度有退学的冲动。但是当时我父母的关系已经到了最紧张的阶段,我不敢再给他们添任何麻烦。我知道那一天他们在是否应该向我妥协的问题上出现了严重的分歧。那是他们关系破裂的端倪。我勉强完成了学业。毕业之后,我先是通过父亲的关系进入了市政府属下的一个小机构。在那里工作四年多之后,我调到了一家著名的房地产公司。那家公司的办公室主任是我母亲大学时代的同学。我一直在她的手下工作到现在。

十三年就这样过去了。这是极为平庸的十三年。父母最后终于还是离婚了。除此之外,我的生活中再也没有发生过什么重大的事件。当然,我经常还是会被人认出来。我也经常听见别人在背后或者甚至当面议论我。他们最常见的感叹当然是"太可惜了"。我对他们的议论和感叹无动于衷。他们不知道我经历过的地狱般的黑暗。他们不知道"天使"带给我的忧伤。他们不知道"魔鬼"带给我的绝望。他们不知道我自己一点也不觉得"可惜"。他们不知道我一点也不在乎自己曾经是这座城市里引人注目的"神童"而现在什么都不是。

也许我心理的(或者是生理的?!)那种令我费解的变化可以

算是发生在我生活中的大事。最近三年来,经常有人想给我介绍女朋友。可是,我发现自己对"异性"不仅已经没有任何的兴趣,而且还有了一种很深的反感。我觉得女孩子都很龌龊都很无聊。我觉得她们会弄脏或者弄乱我的生活。我隐隐约约地觉得这种心理的(或者是生理的?!)反感是十三年前那两段痛苦经历留下的创伤,但真凶到底是"天使"还是"魔鬼",我却并不清楚。

现在,"魔鬼"死了。这当然也应该算是我生活中的一件大事。他是服用了过量的抗抑郁药片之后死在自己家的沙发上的。那是我坐过的沙发。那是带给我许多痛苦记忆的沙发。我知道在我停止学琴之后,"魔鬼"的生活发生了巨大的变化。他很快就不再带学生了,他很快就不当评委了,他很快就不大出门了,他甚至很快就不接电话了。我母亲每年都会去看他两次。她说他家里乱七八糟,气味也很不好闻。她说不少人想为他物色一个合适的女人来照顾他的生活,他总是断然拒绝。她说最近这些年来,他抽烟抽得非常厉害,喝酒也喝得非常厉害。他得了很严重的抑郁症。

是母亲首先将"魔鬼"的死讯带给了我。她没有想到我会想去参加"魔鬼"的葬礼。她用费解的目光看着我。她知道这十三年来,我从来没有对"魔鬼"的状况表示过任何兴趣。"你不知道你停止学琴对他是一种怎样的打击。"母亲说,"我一直都在为这件事感到深深的内疚。他曾经对你寄托过多么大的希望啊。"

我很容易就可以终止母亲的内疚,甚至将这深深的内疚转化为深深的憎恨,但是我不想那么做。我不想让她知道十三年前"魔鬼"在我的生活中和身体上留下的痕迹。身体上的痕迹在我回家之后就被冲洗掉了。但是,生活中的那种痕迹却永远也不可能抹去。我已经带着那种痕迹生活了十三年。这是平庸的十三年。经过时间平庸的浸泡,我现在不仅一点也不恨他了,甚至还有点感激他。这是我想去参加他的葬礼的原因。我真的有点感激他。如果不是因为他有点肥胖的手指,如果不是因为那些手指将音乐送进了我的裤裆,如果不是他对我的那种特殊的"启发式"教育,我现在肯定还是"神童",我肯定还以为自己是"神童"。我肯定还在做"神童"的梦。那是我父母让我做的梦。那是我们这个狂躁的社会让我做的梦。真的,我现在甚至还有点感激我的恩师:是他魔鬼般的行径将引人注目的"神童"变成了一个平庸的人。我其实就是一个平庸的人。

"村姑"

在从多伦多到蒙特利尔的火车上，她意外地发现了中国"最年轻"的城市。

那是一个阳光明媚的下午。她在火车开动前的一分钟才气喘吁吁地上了车。她需要在两节车厢的连接处站一会，等自己的呼吸平缓下来。然后，她走进了前面的那一节车厢。周末的乘车状况对她并不陌生，但是整个车厢里只剩下一个空位的情况她却是第一次碰到。她从车厢的尾部一直走到车厢的头部，只看到了那一个空位。她果断地折回来，抢在另一位乘客之前将挎包放到了那个空位上。那好像是她命中注定的位置。她坐下来。她下意识地整理了一下有点汗湿了的衬衫。然后，她从挎包里取出一小包薯片，一小瓶矿泉水以及那本保罗·奥斯特的《纽约三部曲》。她一边吃着薯片，一边翻动着书页……同时，她用余光打量着自己的邻座。他是一个东方人。他的头倚在车窗玻璃上，好像正在明媚的阳光中做梦。已经五年了，她每个月都要乘坐一次来往于蒙特利尔和多伦多之间的火车，这是她唯一一次碰到车厢里只剩下了一个空位的情况，这也是她唯一一次坐在一个东方人的身旁。

她住在位于蒙特利尔和魁北克城之间的三河市西南三十公

里处的一座村庄里。从她的住处开车到蒙特利尔郊外的多瓦尔车站大约需要九十分钟时间。最近五年来,她每个月都要乘火车去多伦多看望她深受老年痴呆症折磨的母亲。那个只有一个站台的小站就是她每次上下车的地方。在那里上下车,她可以避免将车开进在她看来又嘈杂又拥挤的蒙特利尔市区。她是一个"村姑",她总是这样告诉别人,大城市的嘈杂和拥挤让她身体不适、心神不宁。

她出生在魁北克与安大略两省交界处的一座小村庄,她成长的地方是安大略省东部的一座大农场。她习惯了一望无际的视野。她习惯了田园的节奏和空气,甚至那种空气中夹杂着的牛马粪便的气味都被她当成是生活的基本素质。她就读的大学也远离闹市。她得到了两个语言相关专业的文凭:一是法语语言和文学,一是翻译理论和技巧。在她看来,语言是自然之外最自然的事物。她从小就热爱语言。那种热爱更强化了她对自然的依赖。"每一种语言都是一望无际的视野。"她曾经在日记里写下过这样的一句话。

大学毕业后不久,她与小学班上总是惹得她不高兴的那个小男孩结了婚。他们在从小一起长大的农场里与家人一起生活了一段时间。他们的第一个孩子快要出生的时候,她从事民用建筑设计的丈夫在三河市的一家建筑公司里找到了工作。他们离开了安大略。这是令她激动的迁移,因为她一直都希望法语成为她日常生活中的一部分,成为她的另一种视野。在她的坚持下,他们最后选择在这座距离三河市中心三十公里的小村庄里定居下来。他们村舍前面是一望无际的农田,后面是似乎没有尽头的丛林。她希望她将来的孩子也有像她一样幸福的童年。在她看来,与田园气息相伴的童年才是幸福的童年。

她在自己简陋的村舍里当了整整十二年的家庭妇女。每个周末在三河市内上的那一次健美课是她唯一的社会生活。在这十二年里,她的丈夫多次提出想搬到三河市内或者市郊去住。他认为城市里有更好的娱乐设施和更好的学校,更有利于孩子的成长。这与她的看法正好相反,每次搬家的提议都遭到了她的断然否决。八年前的那个圣诞节前夕,她的丈夫突然告诉她,他已经辞去了在三河市的工作。他说他实在受不了了。他后悔来到了魁北克。他要回到安大略省去,那里才是他的"家"。他要在那里的任何一座城市里生活……当时他们的女儿还不到十岁。

一个偶然的机会让她只用不到半年的时间就渡过婚变引发的经济和情感危机。那一天,她在健身班上的一位同学从她的村舍附近路过,特意拐进来看她。在闲谈中,那位信息灵通的同学提起刚刚完成扩建的核电站正需要一名从事英法对译的翻译。那家核电站与她的村舍相距不到十五公里,是离她最近的"上班地点"。而英法的对译正好是她的专业,她在做家庭妇女的十二年时间里也曾经零零散散地接过一些类似的翻译。她向核电站递交了申请和简历。她得到了面试的机会。她的面试也进行得十分顺利。她得到了那份工作。收到合同的当天,她在日记中幽默地写道:"一个家庭妇女因为婚变而变成了职业妇女。"

　　她有模特的体型和影星的姿色。她很快就同时遇上了两个严肃的追求者,这一点都不让人感觉奇怪。她的体型和姿色也许来自"杂交优势"。她的母亲是奥地利人,出生和成长于奥地利西部与瑞士接壤的山区,她的父亲则来自爱丁堡南部的苏格兰高地。她充满青春活力的举止掩盖了她真实的年龄:没有人会相信她已经是两个"大"孩子的母亲,也没有人会相信她已经做过十二年的家庭妇女。

在性格和外表都有点对立的两个追求者之间,她选择了那个比她矮了半个头的财务部经理,理由是他也喜欢阅读。她很快就意识到这是一个很不充分的理由。因为他们的阅读兴趣没有交叉之处。他只喜欢斯蒂芬·金,而她觉得读保罗·奥斯特才称得上是真正的阅读。他们的关系断断续续地维持了将近三年。正式分手的那一天,他送给了她那本她后来总是带在身边的《纽约三部曲》。他们的关系是没有激情的关系,所以他们的分手没有伤痛。她完全不需要"痛定"和"思痛"的时间:两天之后,她就愉快地接受了那位身体彪悍的工程师的邀请,与他一起在村舍后面的丛林里做了两个小时的越野滑雪。当他们在村舍前分手的时候,那位工程师问他可不可以亲吻她。她没有同意也没有反对……他们被夕阳浸透的亲吻将她带进了新的关系。这种与阅读无关的关系同样没有触动她的美感和激情。就在她那次去多伦多探望已经病危的母亲之前,她正式向他提出结束他们之间的关系。这次结束对她的心理稍微有点影响,因为她觉得自己似乎不仅是厌倦了"这种"关系,而且好像还已经厌倦了"关系"本身。她相信需要一段时间她才能够从这种沮丧的状况中恢复过来。母亲的病情加深了她的沮丧。她那是第一次在火车开车前一分钟才匆匆上了车。她只想多留点时间给早就已经认不出她来了的母亲。她那是第一次坐在一个东方人的身旁，第一次离东方近得触手可及。

她更没有想到她自己会被那个东方人"认"出来。他慢慢地睁开了眼睛。他的头依然靠在车窗玻璃上。他显得有点迷茫，好像不知道身边的空位上怎么已经坐了人。但是，他的表情突然变了。他认出了她手里的那本书。"你在读保罗·奥斯特?!"他说。他虚弱的声音里夹带着明显的惊喜。

她侧过脸来对他笑了笑。这是她想象和等待了许多年的场景：在一个陌生的地方，一个陌生人注意到了她正在读的书。但是，她没有想到这个问题会来自一个东方人。"你也知道他吗?"她故意用很平静的语气问。

那个东方人稍稍犹豫了一下，然后说："我不仅知道他，还很喜欢他。"说着，他弯下身去，从放在椅子下面的背包里取出一本书，递到了她的手上。"你看，这就是你正在读的书。"他认真地说。

这让她觉得不可思议，因为那本书的封面上没有一个她认识的字。她将书翻开，里面也没有一个她能认出的字。她将那本书翻到她正在读的书的同一页,将两本书并列摊在眼前。"这两本书是同一本书吗?!"她说。她的目光和声音都充满了惊奇。

"这正是我一直在思考的问题。"那个东方人说,"一本书的翻译与它的原作到底算不算是同一本书? 或者说,翻译到底可不可信?"

他的话好像是对她的挑战。她觉得有趣又觉得不安。她自己也经常挑战她所学的专业和她从事的职业。翻译到底可不可信? 这是永远也不会结束的挑战。她不想回答那个东方人的提问,尽管她确信她所从事的技术翻译能够做到"高保真",是完全可信的……尽管她同意弗罗斯特的观点,认为诗歌无法翻译……尽管对于其他的翻译,她没有一点把握。

那个东方人也并没有在等待她的反应。"奥斯特自己都读不懂这本自己写的书。"他指着他的那本《纽约三部曲》说。

她笑了笑,将书递回给他。"它翻译得好吗?"她随意地问。

"这也是我经常想的问题。"那个东方人说,"一个没有读过原文的人有没有资格评说翻译的好坏? 我通过翻译喜欢上了奥斯特的作品,这到底是因为原作的好还是因为翻译的好?"

"奥斯特本人也肯定回答不了这些问题。"她说,"他自己就是一个翻译者,他曾经将一些法文作品翻译成英文。"

那个东方人说他知道。他说他还知道他曾经将一本法文的中国现代史译成英文。

而她不知道这个细节。这让她觉得有趣又觉得不安。她意识到坐在她身边的是一个真正的奥斯特迷,尽管他从没有读过奥斯特的原作。"你是中国人吗?"她好奇地问。

她的邻座点了点头。

她接着问他来自中国的什么地方。

"你去过中国吗?"那个中国人问。

她回答说她没有去过。她说她哪里都没有去过。她说她住在魁北克的乡下,只是一个没有见过世面的"村姑"。

"喜欢读保罗·奥斯特的'村姑'。"那个中国人用虚弱的声音说。

这明显带有恭维色彩的补充令她的脸红了一下。

"那你知道中国的哪些地方呢?"那个中国人接着问。

她说她只知道北京和上海。"还有,"她有点胆怯地问,"香港算不算?"

那个中国人从上衣口袋里掏出一张餐巾纸和一支圆珠笔。

他在餐巾纸上画出了中国的"地图"。他在图上标出了北京、上海和香港的位置。然后,他用笔尖顶着边界上紧靠香港的位置说他就来自那里。一座很特殊的城市,中国"最年轻"的城市。二十多年前,那里还只是一座小渔村,他说,现在,那里的人口应该已经超过一千万了。

"我不知道世界上还有这么年轻的城市。"她说。

那个中国人看了她一眼,他显然很欣赏她对他的措辞的注意。"那座城市里几乎所有的人都是'移民',就像这个国家一样。"他说。

她也很欣赏他的"就像",这给她提供了想象那座"最年轻"的城市的角度。"那你出生在哪里呢?"她指着那张餐巾纸继续问。

那个中国人用圆珠笔在"地图"的东北部点了一下。"这就是我出生和成长的地方,"他说,"一座长年浓烟笼罩的工业城市。"他停顿了一下,接着说:"直到离开它之后,我才知道新鲜空气的味道。"

她的脸又红了一下。她觉得他非常在意她刚才关于"村姑"的说法。那种说法似乎令他难以接受。

在将近五个小时的旅途中,他们的交谈几乎没有中断。她谈起了她的外祖父母和祖父母,她谈起了他们在第二次世界大战结束之后带着家小离开欧洲,移民到加拿大来的不同的原因;她还谈起了她的父母。她说她的父亲做任何事都要做到极点,而她母亲做任何事都从不过分。她说他们性格不合,却恩爱一生;她还谈起了她的两个孩子。她说她的儿子活泼外向,女儿却安静内向。她说她不知道同一个母亲为什么会生出两个性格完全相反的孩子。她甚至还谈到了她的"前夫"。她说这么多年以来,她始终不知道他突然离开她的真实原因。她觉得想回"家"以及想在城市里生活都只是表面上的解释。她说她怀疑他有同性恋的倾向。但是,她没有提到她后来的那两位追求者,就好像自从"前夫"离开之后,她将全部的心思都放在了两个未成年的孩子身上。

而像她一样痴迷保罗·奥斯特的中国人几乎没有谈及自己的"现在"。她隐隐约约感觉到他对自己的"现在"有很深的恐惧。他只说他是"失败的"艺术家。她觉得他选用这个形容词有点攀比"村姑"的意思。他说他六岁就开始学画。他的启蒙老师是他们城市里最著名的艺术家。他说他不仅将他当成老师,而且还将他当成"父亲"。他的学习因为这位精神之父的两次坐牢而中断：一次他是因为临摹了安格尔的《大浴女》而被判"流氓罪"坐牢；一次是因为别人发现他那幅成名的风景画画的其实是"西风压倒东风"（与伟大领袖的信念正好相反）的景象，他被判"反革命罪"坐牢。他说在"文化大革命"中，那是司空见惯的事。他启蒙老师的第一次婚姻在他第一次出狱之后结束：他的妻子说她不可能跟一个"流氓"生活在一起，她带着他们的两个孩子离开了他。他们的城市里也没有任何一个女人愿意与"流氓"生活在一起，他最后经一位远房亲戚的介绍与一个"村姑"结了婚。"中国的'村姑'，真正的'村姑'，"他解释说，"那种没有文化，没有品位，甚至没有在城市居住所需要的户口的'村姑'。"那个"村姑"在他第二次出狱之前离开了他，她没有能力独自在城市里居住，她回到深山深处的村庄里去了。

　　他花了很长的时间谈论他的启蒙老师，而她真正感兴趣的是他本人的经历。他关于自己的谈论非常粗略。他后来离开了那座没有新鲜空气的城市，去北京上大学。他在大学里学的是油画专业。大学毕业之后，他回故乡城市工作了一段时间，然后，"移民"来到了中国"最年轻"的城市。他在那里的博物馆工作了十三年。五年前,他再一次移民,来到了蒙特利尔。"开始我并不知道这座城市对我意味着什么。"他说,"现在我知道,这里就是我的归宿。"

他用虚弱的声音提到的"归宿"让她觉得有点沉重。她注意到他稍稍调整了一下位置,避开了阳光的直射。她问他为什么要离开中国。他说他在那里有一种没有根的感觉。这种感觉他不仅在没有根的"最年轻"的城市里有,在北京和他的故乡城市也同样会有。而在他的启蒙老师去世之后,这种感觉就变得更加强烈了。他的说法让她觉得非常新鲜:在自己的祖国和故乡"没有根"是一种什么样的感觉? 她好奇地问:"到了这里,不就'更有'那种感觉了吗?"他好像早就思考过她的问题。"不是'更有',"他说,"是'也有'。是的,在异域他乡,我也有没有根的感觉。"

"就是说你生活过的两个国家就有点像这两本书,"她说,"它们是同一本书,又不是同一本书。"她刚有点得意自己的这种联想,却注意到了他惊奇的反应。显然他也觉得这是值得得意的联想。这不是一个"村姑"应该有的联想。她的脸又红了一下。

"当然还有安静。我喜欢这里的安静。"那个中国人说,"还有新鲜的空气。事实上,我是到了这里才闻到了真正的新鲜空气。"

她有点激动地看着他。"你应该去我们乡下住一段。"她说，"你会知道什么是真正的安静和真正新鲜的空气。"

那个中国人也显然有点激动，他轻轻地抓了一下她的手。

在火车驶近多瓦尔车站的时候，他们都有意犹未尽的感觉。她说这么多年来坐了无数次往返于多伦多和蒙特利尔之间的火车，这是感觉最快的一次。而他说，在这个国家定居五年了，他还从来没有与人这样深地交谈过。"要感谢保罗·奥斯特!"他们不约而同地说。他们举起各自手里的《纽约三部曲》，用它们的书脊碰了一下。接着，他将那张餐巾纸分成了两半，在有中国"地图"的那一半里留下了自己的电子邮箱号码，又让她在另一半里写下她的电子邮箱号码。火车停稳了，她没有想到他会站起来与她拥抱。她更没有想到，他会在她的耳边用极为虚弱的声音说："你的头发真漂亮。"这意想不到的分别让她在驾车回村庄的路上肯定车厢里唯一的空位就是她命中注定的位置。

她在随后的一个星期里两次梦见了这一趟充满巧合的旅行。在两次梦里，她都只听到了他虚弱的声音，而没有看见他的脸。这让她稍稍觉得有点奇怪。这无疑是她有生以来最浪漫的旅行。她几乎从来没有在火车上与另一位乘客交谈过，更不要说"深谈"了。她也从来没有与一个中国人交谈过，更不要说还谈到了保罗·奥斯特。这一趟旅行是概率论上的"不可能事件"。而更巧合的是，她在旅行之前刚刚彻底结束了她离婚之后最长的关系。如果还身在那种关系中，她是不会对一个陌生人那样好奇，也不会让一个陌生人对她好奇的。这两次梦见让她觉得刚刚结束的旅行其实并没有结束。

在上下班的路上，甚至在上班的时候，她都会突然听见他的声音。她相信他们的交谈一定会通过书面语言继续下去。她在等待他的邮件。她以为他们分手的当天，她刚回到家里就已经有他的邮件等在收件箱里了。按照惯例，他当然应该先给她写来邮件。但是等了将近一个星期，她还是什么都没有等到。她觉得不应该再等了。这件事从一开始就不合惯例。她决定主动给他写第一份邮件。她的邮件写得非常简单。她为那愉快的旅行谢谢他，她为已经"萌芽"的"友谊"谢谢他。就在她将这邮件发送出去的同时，他那份内容几乎完全相同的邮件进入了她的收件箱。她为这巧合而兴奋。她马上就写去了她的回复，她说他们之间已经"萌芽"的"友谊"一定会很快开花结果。

他们很快就控制住了"交谈"的节奏：每星期交换两次邮件。

因为语言的优势，她的每一份邮件都写得比他的长一些。而保罗·奥斯特是他们"友谊"的基石。她不会忘记将她刚刚在奥斯特的书中看到的美妙句子附在邮件的最后。她在第四份邮件中"宣布"他们已经建立了两个人的"读书会"，而他在回复中提醒她说那还是读一个人的书的"读书会"。她欣赏他的这种淡淡的幽默感。他们的"读书会"最大的成就是对他的"还原"。她不停地鼓励他去读原文的奥斯特，而不是继续读翻译的奥斯特。这种鼓励很快就奏效了。那一天，她兴奋地看到了他从《红色笔记本》中抄下来的句子。他说那是他有生以来啃下的第一本原文书。下一步，他准备挑战她在火车上推荐过的《孤独的发明》。他记得她在火车上告诉他，那是关于"孤独"最精彩的随笔。他说两次移民的经历已经使他对"孤独"有了最近距离的体验。他说"孤独"其实就像情侣一样有双重的性格：它既是魔鬼又是天使。

她在第九份邮件里首次提到了他们应该有"下一次"见面。他最开始的回应是积极和温暖的。他问她下一次什么时候经过蒙特利尔。他说他们可以约好在多瓦尔车站的站台上见面。这当然是一个浪漫的建议，但是她觉得那样太仓促了。她告诉他，为了他们的见面，她不反对将车开进蒙特利尔市区。那样，他们就可以有更多的安排。他们还可以找一个有特色的咖啡馆坐下来。他们可以一起去爬皇家山。他很高兴她的这种"改变"。在随后的邮件里，他们不断地做出安排，他们离"下一次"见面越来越近。她绝对没有想到自己会在那一天的凌晨被汽车熄火的声音惊醒。她走到窗前，撩开了窗帘的一角。她的村舍前什么都没有。那又是一个梦，一个只有结尾的梦。"它只是魔鬼，不是天使。"她喃喃地说。她是在评论她突然感到的"孤独"。她坐到电脑前。她打开了电脑。她给他写了一份简单的邮件。她说他们"下一次"见面最理想的地点其实应该是她安静的村舍。"你可以来这里过周末，"她写道，"你应该来探索我的小世界。"

他没有回复她的邮件。这是他第一没有回复她的邮件。在等待回复的过程中，她反复重读了自己最近的这一份邮件。她十分懊悔那个凌晨的惊醒。她十分懊悔惊醒之后的不清醒。"探索"是什么意思？"我的小世界"又指的是什么？她十分懊悔自己这种模糊不清的措辞。她接着马上又给他写了两份邮件。她的意思是向他道歉，尽管她没有明确地表示道歉。在第一份邮件里，她说其实在多瓦尔车站见面是很好的主意，因为他们还需要时间,还需要互相认识。在第二份邮件里,她干脆就没有再提"下一次"见面的事了。她只是说很久没有他的消息,不知道他是否已经开始阅读《孤独的发明》。

又过了三个星期,她才终于收到了他的邮件。他的邮件里只有一句话。那不是对她前面任何一份邮件的回复。他请她告诉他实际的邮寄地址。这突如其来的请求让她又惊又喜。她的第一反应是他要地址的目的并不是要给她寄什么邮件,而是想在一个周末的傍晚突然出现在她的村舍前⋯⋯她没有马上回复他。她不想要那样的惊喜。她想知道他到来的准确时间。她需要时间做最充分的准备,她想她的小世界是能够让他们的"友谊"开花的小世界。

她犹豫了三天才给他回复。她的邮件里连一句话都没有,只有她实际的邮寄地址。

在随后的两个周末,她一方面不敢离村舍半步,另一方面又根本就不愿待在村舍里。她不停地朝窗外张望,直到突然觉得有点厌倦了一望无际的视野。在第二个周末即将过去的时候,她终于相信自己对他那意外请求的反应错了。他们的"友谊"没有开花:他不会出现。他不想出现。他不可能出现。在那天上床之前,她将他们的往来邮件全部移入到一个文件夹内,然后从邮箱里清除掉了他的名字。

她再一次得到他消息已经是五个月之后。这期间发生了许多事情:她的母亲终于安息了;她为核电站工作的那个项目也提前结束了;她在麦吉尔大学学习国际政治的儿子决定休学一年,去博茨瓦纳工作;她性格内向的女儿选择了去温哥华而不是在离她较近的城市里读大学。她的村舍突然空了。她的生活也突然空了。而且,自从她将他们的邮件封存起来之后,她对保罗·奥斯特的兴趣也大大地减退了。他的消息是在所有这一切之后到来的。那是她关于他的最后的消息。

那消息首先是一张领取邮件的通知单。那是要她到三河市中心邮局去领取邮件的通知单。她开始并没有将它与他联系起来。他已经在她的生活中"缺席"五个月了,而在这五个月里,她的生活中发生了太多的事情。她开始以为那是她儿子从博茨瓦纳给她寄来的生日礼物。她还想到有可能是她母亲的遗嘱执行人给她寄来的母亲的遗物。但是一看到邮局工作人员捧着邮件从库房里走出来,她马上就意识到了它的出处。邮件的形状说明那肯定是一幅画。那肯定是他的画。

寄件人没有留下自己的地址和姓名，这让她更清楚了邮件来自何处。她将邮件放在前排的座位上。这样，她侧过脸来就可以看到它，就像他又坐在了她的身旁。她其实早已经不怎么记得他的面孔了。她能够感觉到的只是他虚弱的声音以及他们的交谈。她想象不出为什么在沉默了五个月之后，他会突然给她寄来一幅画。她也想象不出画的风格和内容。这令人费解的生活细节也许应该被写进保罗·奥斯特的小说。如果这真是他小说中的细节，接下来会发生什么呢？一个像他那样技艺精湛的作者会让他的主人公看到一幅什么样的作品呢？

　　她看到的是一幅裸体画。模特斜躺在沙发上，目光注视着她正前方的注视者。有限的艺术史知识也足以让她马上联想到莫迪利阿尼那幅著名的《斜躺着的裸体》。模特充满诱惑的姿势和表情显然毫无新意。这幅作品的新意在于模特本身。

　　是的，她就是这幅画的模特。她将手伸过去，用手指轻轻地碰了碰"自己"的脸。她好像碰到了他温情的记忆。这个失败的艺术家用那五个小时的时间不仅完整准确地记住了她的脸型，而且还记住了她脸部到颈部细微的肤色变化。他的记忆令她感动又费解。而更令她费解的是，他怎么知道在那个阳光明媚的下午她没有暴露出来的身体？他怎么知道她乳房的形状和腰部曲线的走向？毫无疑问,颈部以下的部分不是来自记忆,而是来自想象。他凭着想象画出了"她"的身体。他的想象令她感动又费解。她不知道当他在想象她身体的时候,会有什么样的感觉。而接着出现的想法更令她难以承受。她想也许画中的裸体依然是出自记忆:他关于另一个女人（比如他的妻子）身体的记忆……一阵难忍的疼痛渗入了她的心脏。

她痛苦地脱光了衣服。她好像第一次看见了自己的身体。她比较着画面上的身体和她自己的身体。她的疼痛突然减轻了许多,而且越来越轻。她确信那凝固在画框里的身体就是她自己的身体。她有点冲动。这幅意想不到的油画其实就是他们"萌芽"于旅途中的"友谊"的结果,她冲动地想。她决定将油画挂在卧室里,挂在床铺旁边的墙上,这样她每天醒来就可以看见他"看见"了的身体。她将画抱起来。她的乳头轻轻地顶着画面。她好像感觉到了"她"的呼吸,也好像感觉到了他的呼吸。就在这时候,她突然注意到了贴在画框背面的那个信封。

她马上将画放在床上,从并没有封口的信封里取出了他的最后一封信,他的第一封用手写的信。"请原谅我的沉默。"她好像又听到了他虚弱的声音："你应该知道你的邀请会令我怎样地兴奋,但是你不会知道我同时感到的痛苦。那是我没有能力承受的邀请。在火车上,当你问我去多伦多做什么的时候,我没有回答……你也许还记得。我是去看一位出名的中医。他是我最后的希望了。但是,他告诉我他对我的情况也毫无办法。知道我为什么不愿意谈论'现在'了吗?我的'现在'已经太脆弱了,它马上就会结束。你肯定记得我提到了'归宿'。那是我真实的感觉。感谢那一趟不可思议的旅行!感谢你带给我的最后的梦想!从那天起,我经常梦见你。甚至在疼痛难忍的失眠的时刻,我也在'梦见'你。我一生中最后的这幅作品记录的就是我的梦。我想将它命名为'梦中的小世界',你同意吗?"

她很久没有哭过了。她很久没有那样哭过了。她一边哭着一边重读着他的信。他们的"友谊"还刚刚"萌芽",她还不知道他是谁,他还没有进入她的"小世界"。她想知道关于他的更多的情况,比如他是否有家,是否有孩子……她也想知道原版的奥斯特为什么会在火车上与翻译的奥斯特相遇,也想知道在梦见了"小世界"的时候,他是否也进入了"小世界"。当然,她更想知道他的"现在",他是否还活着,是否还在"大世界"里继续着关于

"小世界"的梦想。

就在那天晚上,她坐在电脑前一遍一遍地读着他们之间的那些邮件。最后,她伤感地点出了一张中国地图。接着,她又在地图上找到了他生活过十多年的那座城市,中国"最年轻"的城市。她在阅读关于那座城市的情况时无意中发现那里也有一座核电站。她还注意到那座由法国援建的核电站为了培训技术人员,正在招聘一位精通英法双语又熟悉核电技术的外籍教师。这地球另一侧的空缺就如同火车车厢里留给她的唯一的位置。她被强烈地吸引住了。她从硬盘上调出了自己的简历。

刚在香港下飞机,她就意识到自己做了一个错误的选择。扑面而来的湿气让她感觉很不舒服。人群和高楼也让她第一次有了漂泊的感觉。在通往那座城市的火车上,拥挤在她身边的全部是东方的面孔,可是却没有任何人想跟她说话,她也不想跟任何人说话。边检站里攒涌的人头更是让她突然感到了旅途的疲惫和孤独。她没有想到自己会面对如此嘈杂的场面。她只是一个习惯了清新的空气和一望无际的视野的"村姑"。在排队等待过关的时候,她没有把握自己是否能坚持到两年的合同期满。

更多的嘈杂来自这座城市对她的需要。没有人相信她是两个已成年孩子的母亲,更没有人相信她是没有见过世面的"村姑"。她每天骑自行车上下班,她每个周末在海边跑步和健身,她对工作极为认真,对学生极为耐心,当然还有她修长的体型以及她湛蓝的眼睛……所有这些都引起了这座城市的好奇,并且带动了这座城市对她的需求:几乎每天都有人想请她去吃饭,她认识的人和不认识的人,尽管她总是坦率地说她对进餐馆没有特别的兴趣;不少中小学的外语老师和学生家长都想请她在业余时间去与学生们"对话";艺术学校想请她去做模特;电视台想请她去做嘉宾;健身会想请她去做示范。最执着的是那家房地产公司的老总,他总是不厌其烦地给她打来电话,邀请她去他在海边的别墅辅导他学习英语。她经常不知道要如何来应对这东方的盛情。

另一个让她很不愉快的经历是她几乎不敢向任何中国人暴露自己的国籍。因为一旦对方知道她来自加拿大,紧接着就会问她认不认识"大山"或者她知不知道白求恩。她已经厌倦了中国人对她的祖国的这种反应。她在加拿大隐隐约约听说过那位中国英雄白求恩的名字,而她是到了这座城市之后才知道中国明星"大山"的存在。将她带进中国的不是她的这两位同胞,而是在这座城市里几乎没有人知道的美国作家保罗·奥斯特。

这座城市对她的需求让她越来越想家了。她经常梦见自己在地球另一侧的简陋村舍,梦见客厅里摆放着保罗·奥斯特全部作品的小书架,梦见从厨房的窗口看到的一望无际的视野,梦见冬天的冰雪和寒冷,梦见与幸福密切相关的安静……核电站对她的工作非常满意,有意与她续签两年的合同。他们甚至有将工资翻倍的提议。但是,她不假思索地谢绝了。她说她只想回家。

在离开之前,她同意接受一次电视台的采访。记者问她的第一个问题是她为什么会选择来到这座城市工作。她回答说她的选择与一幅油画有关。这意想不到的回答令记者非常好奇。他追问画的内容是什么。当她考虑应该怎么回答的时候,记者又问画的是不是这座城市中心高楼林立的街景。不是,她回答说,画的是一个人物。这回答同样令记者非常好奇。他问她是著名的人物还是普通的人物。她很肯定地回答说是普通的人物。记者仍然非常好奇。“一个普通人物的肖像画怎么会将这样一位远在加拿大的‘村姑’吸引到我们这座城市里来呢?”他对着电视观众问。“那不是一幅肖像画。”她低声纠正说。记者转过脸来对着她。“那是什么?”他很严肃地追问。她瞥了一眼刺眼的水银灯。“那是一个梦中的小世界。”她回答说。

父 亲

在从墓地回来的路上，父亲的情绪慢慢平静了下来。如果不是因为他坚持要参加完所有的仪式，我们肯定不会看到他情绪最后的突变。父亲的情绪在这一段非常时期一直都控制得非常平稳，这在很多人看来都有点不合情理。在火化间向母亲的遗体做最后告别的时候，二舅俯在我的耳边说，自从母亲去世以来，他还没有看见父亲掉过一滴眼泪。"我真是佩服他的自制力。"他瞟了一眼表情凝重的父亲，用极为不满的口气说。但是，当我们在将骨灰盒下放到墓穴里面去的时候，父亲终于没有能够控制住自己的情绪。他突然的嚎啕大哭打断了骨灰下葬的节奏。所有人都朝他看过来。而二舅不仅看了看他，还看了看我，一丝诡异的笑出现在他的嘴角，好像父亲的情绪变化是对他刚才的抱怨的反应。我没有时间去计较别人的想法。我抱紧父亲，劝他一定要节制哀痛。父亲并没有理睬我的劝慰。他继续嚎啕大哭。但是，他哭着哭着，突然将我的手掰开。他激动地说应该由他来给骨灰盒盖上第一层土。我扶着父亲在墓穴边蹲下。我帮着他用战战兢兢的手捧起一把黄土，洒落到骨灰盒上。这时候，亲戚们七嘴八舌地敦促我赶快将父亲扶起来，送到车子里面去休息。我将父亲在车子的后座上安顿好之后，又劝他不要再哭了。我说他的情绪对我们所有人都会有很大的影响。

在从墓地回来的路上，父亲一声不吭。他的头靠在车窗玻璃上，他的眼睛好像正盯着往日的幻影。我将后视镜调到正好方便观察他的位置。我很清楚他的情绪正在慢慢地平静下来。他刚才的失控真是让所有人都感觉非常突然。不过我相信那对他是一件好事。是的，自从母亲去世以来，我们谁都没有看见父亲掉过一滴眼泪。我真不希望他将悲哀全都窝在自己的心里。

我的车还没有停好，父亲就说他不需要我陪他上楼了。他知道我还有很多善后的工作要去处理。"你先去忙吧。"他平静地说。可是下车之后，他却向我示意了一下，显然还有话要说。他绕到了我这一侧的车窗边。他用双手紧紧抓住我的左手。他的情绪又有一点冲动。他说他希望我和我哥能够在最近两天一起回家来一趟。"我有些很重要的事情想告诉你们。"他冲动地说。

我向父亲解释说在母亲住院之后我和我哥的关系已经变得非常紧张。我想他应该已经注意到了这一点。我哥本来是一个很随和的人，而且也不喜欢管家里的事，但是，在获悉母亲得了绝症的消息之后，他的性格发生了巨大的变化。他变得吹毛求疵。他在治疗程序和善后处理的每一个细节上都与我有不同的看法。我不相信他会愿意与我一起回家。我也不相信他会对父亲认定的"很重要的事情"感兴趣。

父亲无可奈何地摇起了头。"想想我们曾经还是一个'模范家庭'呢!"他说,"怎么突然就会变成这个样子?!"他的口气听上去好像是在将家庭的危机归咎于母亲的离去。

我在第二天下午三点钟赶到了父亲那里。我并不是急于想知道父亲要告诉我什么,我只是不愿意他为家庭的危机过度地操心。像我估计的那样,父亲已经午休起来。他的状况看上去远比前一天要好。可是我还没有坐下,他就开始自责了起来。他说自己昨天最后的表现实在不好。他说他觉得自己搅乱了整个的仪式。我不同意他的说法。我说正好相反,我觉得他那种真挚的表现正好是整个过程中的高潮。父亲不认同我的解释。他说我在追悼会上的发言才是整个过程中的高潮。追悼会上一共安排了三个发言。首先发言的是母亲原工作单位的领导。那个大腹便便的年轻人其实从来就没有跟母亲同过事(因为母亲退休已经十五年了),而他官气十足的发言竟持续了三十分钟。父亲认为那是最空洞的发言。不过那个年轻人提到母亲一辈子只在同一家单位工作,是"从一而终"的模范的时候,倒是用具体的数据做了说明:他说母亲在三十二年的工作中除了产假之外,从来没有请过一天的事假,只请过三次病假,而且她每次病假只请半天,她的两次产假都减少了五天……这些事实引起了听众的啧啧感叹。父亲对二舅的发言也评价很低。他说那情绪激昂的发言听起来就像是一篇初中生的作文,其中的形容词太多,具体的事例却太少。而最令父亲不以为然的是,二舅在发言中除了称赞母亲是好姐姐之外,还称赞她是好妻子和好母亲。父亲说关于好妻子的评价不应该来自弟弟的发言,而关于好母亲的说法只应该出现在子女的发言之中。父亲认为我的发言比前两个发言要精彩多了。他说我的发言感情细腻,事例充分。我在发言中谈到了母亲临终前和我的最后一次谈话。在那次谈话中,生性好强的母亲说她对自己的一生很满足主要是因为她有一个很本分的丈夫和两个很孝顺的孩子。母亲还特别叮嘱我要照顾好父亲。她说她自己是一个工作狂,不是一个好母亲。她说我们家多次被评为全市的"模范家庭"完全要归功于父亲的牺牲和奉献。我发言中的这一段内容让父亲颇有感慨。他说他没有想到母亲到最后还会对他如此在乎。

不爱说话是父亲的标志性特征。他在单位上不爱说话,他在家里不爱说话,我们上小学和中学的时候,他在家长会上也从来都是说话最少的家长。他突然的多话让我感觉非常意外。还有,父亲以前也从来不会在背后议论别人,可是他说的这一番话却大都是对别人的议论,这一点也让我感觉非常意外。

在议论完我的发言之后,父亲很严肃地看着我。"你真的认为你母亲那么完美吗?"他问。

我这才意识到父亲对我的发言其实也并不完全满意。"她当然有缺点。"我说。

"比如……"父亲追问我说。他的语气和表情都很严肃。

"比如她太好强了,比如像她自己说过的那样她不是一个'好母亲'……"我说,"但是人都已经不在了,还说这些干什么呢?!"

"可是有些事情是只有等到人已经不在了才可以说的。"父亲很严肃地说。

父亲的这句话不仅让我感觉意外,也让我感觉紧张。他指的是他想要告诉我们的那些很重要的事情吗?

父亲的话题果然马上就转向了。"我只打过你们一次,你还记得吗?"他严肃地问。

我当然记得。那件事发生在我九岁那一年的暑假。我还记得那是一个星期四的下午。我哥战战兢兢地问我能不能陪他一起去游泳。他说再过几天他就要满十三岁了。他想在生日之前下一次水,尝尝游泳的滋味,因为他最讨厌的那个同学说过十三岁还没有游过泳的人将来都会长不高。他不需要我陪他一起下水,或者说他需要我不下水,这样,如果他出了危险,我可以在岸上为他呼叫救命。我理解我哥的战战兢兢,因为游泳是我们家的禁忌:我父亲不仅严禁我们去游泳,甚至还禁止我们谈论游泳。他说游泳太危险。他还说他自己想都没有想过去学游泳。我同意陪我哥去,因为我有点好奇又有点对他不放心。但是,我提醒他一定要想好应对父亲的办法,如果被他知道了……我哥向我保证说父亲不可能知道。他骑自行车带着我从那家著名的精神病医院穿过,很快就到了一口很大的水塘边。我看着我哥沿着青石板搭成的梯级没有什么信心地往下走,心里非常紧张。"如果父亲知道了"或者"如果我哥……"这两种想法在我的头脑中交响。我看到我哥站到了最后一级青石板上。他让我转过身去。等他同意我再转过身来的时候,他的身体已经泡在了水塘里。我看到他将短裤扔在了最后那一级青石板上。我不知道我哥到底在水里泡了多久。我一直都在担心，担心那两种"如果"。在回家的路上，我哥显得很沮丧。他说游泳真是太难学了，他可能一辈子都学不会。我记得所有这一切。当然接下来的记忆就更加清晰了。那一天我父亲下班回来得比平时早。他是知道我们下午出门了才提早赶回来的。他一进门就从门背后操起了鸡毛掸。那是母亲用来管教我们的"凶器"。父亲对我们比母亲要耐心得多，他从来没有用粗暴的方式管教过我们。所以，他的举动令我们极为震惊。父亲命令我们站到他的跟前。他问我哥下午骑车带我到哪里去了。我们下午回来的路上曾经遇见过父亲的一个同事。我想肯定是他向父亲报告了我们出门的事。我哥按照原来想好的方案说我们去了他住在精神病院家属区的一个同学家。父亲又将目光移向了我。我为"如果"的成真紧张得浑身发抖。我本能地点了点头。父亲突然失去了控制。他手里的鸡毛掸先是劈打到了我的手臂上，接着又在我哥的后背上不停地抽打起来。我们从来没有看见过父亲发那么大的脾气。他一边抽打我哥，一边指责我们不仅违反了游泳的禁令，还居然向他撒谎。我哥用手护着头，同时用毛主席语录指责父亲不"实事求是"以及"没有调查,没有发言权"。这时候,父亲说了一句我们听不懂的话,说完之后又狠狠地用鸡毛掸在我哥的后背上抽打了几下。

"我说什么了?"父亲好奇地问。

我没有想到他会不记得那样一句奇怪的话,那句令我们感觉又费解又恐惧的话。

父亲用诚挚的目光看着我,显然是很想知道自己在气急败坏的时候到底说了什么。

"你说你从我们身上闻到了死人的气味。"我告诉父亲,"你说这就是'实事求是'。"

父亲苦笑了一下,好像是在嘲笑自己的记忆。

我接着告诉父亲,我和我哥后来经常还会谈起这件事。我们一直都不明白,为什么他能够从我们的身上闻到死人的气味以及这气味与我们偷偷去游泳又有什么关系。

父亲调整了一下自己的坐姿。"这正是我现在就要告诉你的事情。"他用极为庄重的语气说。

父亲的语气已经让我感到了事情的"重要"。我将身体向前倾斜了一点,好像是想更接近父亲的记忆。我预感父亲的叙述将带来许多的连锁反应,包括改变我们之间的关系。

"我本来其实不是一个很本分的人。我本来其实很活泼,我的话也很多……一直到刚结婚的那几天我都是这样。"父亲说,"你母亲其实也是因为我的'不本分'才喜欢上我的,就像另外那些喜欢我的女孩子一样。"

"我知道你是学校一百一十米栏的冠军,是许多女孩子心中的偶像。"我说。母亲有好几次向我提起过父亲当年在大学里被女生追求的盛况。

"可是你肯定不知道我最开始其实是学校游泳队的队员。"父亲说,"田径只是后来的转向,因为学校体育部的主任认为我在田径上更容易为学校争得荣誉。"

父亲的话让我大吃一惊。"你不是想都没有想过去学游泳吗?"我问。我想起了他在我们小的时候对我们说过的话。

父亲没有完全回答我的问题。"我在十七岁那年参加过全市中学生游泳比赛,"他说,"还在一百米自由泳中排名第五。"

我完全不能接受一个不同的父亲的出现,就像我还是不能接受母亲的离去一样。我不知道生活为什么会突然变得如此地荒诞。"这是怎么回事?"我用充满痛苦的语气问,"你以前说你想都没有想过去学游泳。"

父亲显然对我的问题已经做好了充分的准备。"都是因为那个中午……"他平静地说。

我看着他。我又看到了从墓地回来的路上他的那种目光：他好像在盯着往日的幻影。那好像是无法摆脱的往日。那好像是无法摆脱的幻影。

"那是我们婚礼之后的第五天。当时我们正在你母亲的家乡度婚假。那天中午，你母亲带我去看那个在全国都很出名的水库。我们沿着环绕水库的小路散步。你母亲跟我讲起了她小时候的一些事情。比如她的一位小学老师后来嫁给了一位著名的战斗英雄；比如她父亲有次在捉泥鳅的时候被毒蛇咬伤，自己挖掉了伤口周围的一块肉；比如那个邮递员只要知道她父亲不在，就会坐在她家里不走。他好像跟她母亲有说不完的话……"父亲说，"水库四周的美景和你母亲奇妙的故事让我感觉乡村的生活清纯无比，往日的生活清纯无比。一种踏实的归属感油然而生。它甚至比我新婚之夜以来紧抱着你母亲入睡的那种感觉还要好。我情不自禁地拉起了你母亲的手。要知道我们那个年代，男女手拉着手在外面走是极为'不雅'的行为，是小资产阶级的低级趣味。可是在那个特定的时刻，我感觉那种举动非常自然，也非常纯洁。我相信你母亲也一定会有强烈的同感。"

父亲和母亲从来没有让我们看到过他们之间的亲热举动。我想象不出他们居然会手拉着手在外面走。

"那种自然和纯洁的感觉更是让我对亲密产生了激烈的渴望。在光天化日之下产生那样的渴望让我有痛苦的犯罪感，因为在那个年代，那种渴望不仅属于庸俗的低级趣味，还等同于更肮脏的流氓行为。但是我抵挡不住。我转过身来，抱紧你母亲，将嘴唇贴到了她的嘴唇上。"父亲说，"就在这时候，我们听到了呼救的声音。那是我现在还能听到的声音。那是两个孩子的声音。那声音来自我们右手方向不远处的岸边。那是呼救的声音。那两个孩子的同伴正在水库的中间挣扎。我们所在的位置离那个孩子只有一百五十米左右的距离。我只需要一分多钟就应该可以游到他的身边。我松开你母亲，准备冲进水库。"

父亲的眼睛盯着正前方，好像他仍然没有离开现场。我紧张地等待着他营救那个孩子的全部过程。

"我没有想到你母亲会有那样强烈的反应。她紧紧地抓住了我。她不让我去！'你出了事怎么办?!'她用严厉的口气质问我。"父亲说，"她应该清楚我不可能出事。我有很高的游泳水平，也有足够的救生知识，我不可能出事。而如果我不马上行动的话，那个孩子肯定会出事。我挣脱开了你母亲的手。"

我感觉全身都绷得很紧。我希望父亲迅速说出事情的结局。

"可是我还没有来得及迈步，你母亲居然倒在地上，一把抱住了我的腿。"父亲说，"'你太不负责了，'她说，'我们刚结婚五天你就想抛弃我。'说着，她还用头撞击地面，显出痛不欲生的样子。"

我完全没有办法将父亲叙述中的母亲与我心目中的母亲联系在一起。

"求救的喊声让我心急如焚。我哀求你母亲赶快松开手，赶快站起来。我对她说去救起那个孩子才是我迫切的责任。我没有想到你母亲会那么突然地松开手。她站起来，一边拍去裤子上的灰土，一边用极为平静的声音说：'你去吧，我不拦着你了。如果你觉得水库里的那个陌生人比你的新娘还重要，你就去吧。'这显然不是态度的改变，而是战术的改变。这种改变令我无法承受。我意识到如果我胆敢贸然行动，我们的婚姻就会夭折在摇篮里。我浑身发抖。我懦弱无比,虚弱无比,连挪动脚步的勇气和力气都没有了。你母亲趁机继续对我施压。'你去啊,我可没有拦着你。'她说,'你在不在乎我对我没有一点关系。'她的平静(应该说是她的冷漠)令我极度恐惧。我的感觉突然一下好像完全屏蔽了。"父亲说,"等我恢复过来之后,你母亲已经走远了。她在朝公共汽车站的方向走去。我匆匆瞥了一眼水库,又匆匆看了一眼那两个还在呼救的孩子。我的心中充满了恐惧。我绝望地朝你母亲的背影跑过去。"

这戏剧性的结局让我非常压抑。我不知道应该怎样安慰父亲,更不知道应该怎样安慰我自己。

"你知道那天晚上我是怎么熬过来的吗?那是我婚姻生活中的第一个失眠之夜,那也是我婚姻生活中的第一个完全没有安全感的夜晚。我与你母亲坐上同一辆公共汽车,但是她在车上拒绝跟我说话,她回家之后也拒绝跟我说话,她整个晚上都背对着我。"父亲说,"我在黑夜里瑟瑟发抖。那两个孩子呼救的声音与你母亲欲擒故纵的冷漠交织在我的耳边……结婚刚刚五天,婚姻就带给了我巨大的羞耻,我很清楚这羞耻是我终身都难以摆脱的阴影。结婚刚刚五天,我就开始对婚姻充满了恐惧。"

父亲的话让我觉得母亲的追悼会还没有结束。父亲应该是最后一位发言者。他的发言才是追悼会真正的高潮。

"第二天一大早,我又独自回到了水库边。仅仅在十几个小时之前,我在那里还感到了那种亲密的渴望,可是经过婚姻中的第一个失眠之夜,你母亲对我来说已经是一个陌生人了。我茫然地面对着平静又冷漠的水面。突然,一种强烈冲动引诱我朝水库里走去。"父亲说,"就在水刚刚没过我的膝盖的时候,一个挑着粪桶的农民从小路上走过。他大声告诉我水库的中间很深。'每年都有人在这里淹死。'他说,'昨天还淹死了一个初中生。'"

我忍不住计算了一下,如果那个孩子被父亲救起了的话,他现在都已经到了退休的年纪了。

"有人说每个人一辈子里都会有一件最重要的事情。这就是我一辈子里最重要的事情。我从此就变得沉默寡言了。我从此就变成了一个很本分的人。我从此就肩负起了几乎全部的家庭责任。"父亲说,"你母亲后来再也没有提起过这件事了。如果不是因为她走在我的前面,你们肯定也不会知道这件事。我真的不知道你们应不应该知道这件事。我也不知道这件事与你们到底有没有关系。"

　　我想了一下父亲最后的这一句话。我想这件事尽管发生在我们出生之前，甚至我们形成之前，但是它肯定与我们有关系。它不仅以复杂的方式参与了我们的形成和出生，它还是改变了我们成长过程的禁忌。它是我们生命的一部分或者说我们的生命是它的一部分。

　　"我昨天在墓地的失控大家一定会有不同的说法。不过没有人会知道我是因为想到了另一个死者才嚎啕大哭的。那是一个已经死去了将近五十年的死者。我想他也许就是你母亲在阴间地府里遇到的第一个人。"父亲说，"我想他已经原谅她了。我甚至想他们很快就成了心心相印的朋友。"

　　但是我肯定父亲自己并没有因为母亲的离去而原谅母亲，否则他不会让我知道这令他的婚姻蒙羞的往事。我不知道在整个的婚姻生活中，是不是也存在着那么一刹那，父亲会想到自己可能会因为营救那个孩子而失去了自己的生命。那样的一刹那会不会让父亲对母亲的阻拦也存有一丝的感激?! 我不想问他，也不敢问他。

　　"你现在知道你们小的时候我为什么会那样精心地呵护着

你们了。"父亲说，"我和你母亲的婚姻一开始就与死亡结下了姻缘。我无时无刻不在担心着报应。我觉得你母亲走在我的前面本身就是一种报应。这件事注定要让你们知道，也许还会被更多的人知道。"

我递给父亲两张纸巾。他看了我一眼，却并没有马上擦去晃动在他眼眶里的眼泪。

"其实这件事里面隐藏着许多的可能性，可以去做各种各样的假设。我做得最多的假设是，如果我最后还是去救起了那个孩子，而且没有出事，你母亲可能并不会像她威胁的那样跟我离婚，她可能很快就原谅了我的'不负责任'，我们的婚姻可能还是维持了下来，你们可能还是会来到这个世界……而另一种我经常想的'如果'是，如果你母亲第二天晚上还是像前一天那样背对着我，我们的婚姻还会不会存在？"父亲说，"第二天晚上她的态度完全变了。我完全没有想到。我刚在床上躺下，她就拉起了我的手，恳求我抱着她。我的心剧烈地抽搐了一下。我以为我的理智和情感都会阻止我那样去做，因为那意味着我要跨越整个事件带给我的陌生感和疏离感，那就像是要跨越生与死的界限……我没有想到自己居然会那么平静地跨过去。我侧过身体,将手轻轻搭在了你母亲的腰上。她用指尖在我的鼻尖上轻轻点了一下。'我知道你永远都不会抛弃我的。'她充满感情地说。"

我示意父亲擦掉马上就会滴下来的眼泪。

"昨天在从墓地回来的路上,我想到了另外一种如果,"父亲说,"如果那天晚上我不敢跨越或者不愿跨越那生与死的界限,如果我粗暴地将她的手推开,那又会怎么样呢?"

我将右手放到父亲的膝盖上。我很想对他说,母亲现在已经不在了,你们现在已经被那粗暴的界限分开了,你还说这些干什么呢?!

"深圳人"的十年

2013 年

1 月 "深港书评"新年第一期(5 日)专题报道《薛忆沩新年四面出击》(刘忆斯、晏梦辉)。"深圳人"系列小说即将结集出版的消息首次在媒体发布。

5 月 《最后的"深圳人"》(薛忆沩),《晶报》(19 日)。

6 月 "深圳人"系列小说以《出租车司机》为名结集由华东师范大学出版社出版。

南方报业传媒集团凯迪视频(13 日)《薛忆沩笔下的深圳》(麦小麦)。

《用 16 年时间孕育的"十二胞胎"》(薛忆沩),《晶报》(15 日)。

《与文学共存的"深圳人"》(冯新平),《南方都市报》(16 日)。

《一座城市的"必读书"》(薛忆沩),《深圳特区报》(17 日)。

《〈出租车司机〉:深圳人的文学索引——关于"深圳人"系列小说的对话》(王绍培),《深圳特区报》(17 日)。

《薛忆沩:十六年成就"深圳人"》(何晶),《羊城晚报》(30 日)。

7 月 《新京报》"书评周刊"(27 日)推出关于"深圳人"系列

小说集的专题《我们时代的"城市文学"——以薛忆沩写深圳的〈出租车司机〉为例》,其中包括专访《薛忆沩和他笔下的"深圳人"》(于丽丽)(后收入《新京报》优秀专题选集《渡：书的信仰·思想卷》,新京报编,中央编译出版社 2014 年)和评论《谁是真正的"深圳人"》(陈庆妃)。

《"深圳人"的一天》(薛忆沩),《晶报》(27 日)。

8 月　薛忆沩故乡城市长沙的《晨报周刊》(7 日)推出关于"深圳人"系列小说集的采访报道《对美感和诗意的向往》(孙魁)

11 月　继《遗弃》入选前一年深圳读书月"年度十大好书"之后,小说集《出租车司机》再度进入这个评奖的前 50 名书单。

12 月　China Daily(《中国日报》)(24 日)发表关于小说集的评论 Stories of City Blues(Zhu Yuan)。

入选《新京报》"年度书单候选书单"文学类(共 13 本)。

"战争"系列小说集《首战告捷》入选 2013 年《南方都市报》"年度十大中文小说"。

2014 年

1 月　"深圳人"系列小说集《出租车司机》获"中国影响力

图书奖",得票名列本届仅有五部小说类(含两部翻译作品)获奖作品之四,是其中唯一的短篇小说集。

4月 薛忆沩首次获华语传媒大奖"年度小说家"提名。

7月 长篇小说《空巢》由华东师范大学出版社出版。

10月 长篇小说《遗弃》获第三届"中山文学奖(优秀作品奖)"。

11月 薛忆沩因"深圳人"系列小说集《出租车司机》和"战争"系列小说集《首战告捷》获第二届"林斤澜短篇小说奖(优秀短篇小说家奖)"。

《温州日报》5日发表访谈《在深圳的迷宫中迷路》。

名列年度中国小说百强首位的《空巢》获深圳读书月"年度十大好书"。作者成为迄今为止唯一两次获此荣誉的中国小说家。

2015年

4月 再度获华语文学传媒大奖"年度小说家"提名。

7月 访谈作品集《薛忆沩对话薛忆沩——"异类"的文学之路》由华东师范大学出版社出版,"深圳人"系列小说是其中的主要话题。

8月　中篇小说集《十二月三十一日》由华东师范大学出版社出版。

10月　三联书店推出"薛忆沩文丛"三种。其中虚构作品集《与狂风一起旅行》中收录"深圳人"系列作品四篇(《神童》《父亲》《剧作家》《两姐妹》)。

2016年

4月　连续第三次获华语文学传媒大奖"年度小说家"提名。

5月　"深圳人"系列小说集英译本 *Shenzheners* 由蒙特利尔 Linda Leith Publishing(琳达·丽丝出版社)出版,受主流英语媒体热情关注。

6月　《深圳商报》"读书周刊"(19日)推出关于"深圳人"系列小说英文版的专题《"深圳人"出国记》,包括:访谈《走向世界的"深圳人"》(刘悠扬)和薛忆沩译自英文的《为什么我们真正读"深圳人"》(琳达·丽丝)。

8月　长篇小说《希拉里、密和、我》由华东师范大学出版社出版。

"深港书评"(7 日)推出关于"深圳人"英译本出版的专题《深圳人薛忆沩》,包括:专访《薛忆沩:文学,让深圳和世界没有距离》(刘忆斯)和《再一次敬畏于生命和汉语》(薛忆沩)。

China Daily(《中国日报》)(24 日)发表关于"深圳人"系列小说集英文版的报道 Xue Yiwei's Short Stories of Shenzhen Out in English。

11 月 《深圳商报》(25 日)发表关于"深圳人"系列小说专访《深圳是我文学的生根之处》(魏沛娜、韩墨)。

《希拉里、密和、我》进入深圳读书月"年度十大好书"前 50 书单。

12 月 香港《亚洲周刊》(4 日)发表封面标题访谈《薛忆沩小说英译本出版——描写深圳人引起跨国界共鸣》(侯蕾)。

2017 年

2 月 美国《红杉林》杂志春季号关于"深圳人"系列小说及其作者的访谈《隐居在皇家山下的中国文学秘密》(吕红)。

3 月 "深圳人"系列小说集英译本 Shenzheners 获蒙特利

尔的蓝色都市国际文学节"多元文化奖",为文学节近三十年历史上唯一译自汉语的获奖作品。

"深港书评"(22日)关于获奖的专题,包括访谈《只有虔敬的文学能够带来这样的神奇》(欧阳德彬)和报道《薛忆沩"深圳人"系列英译本国外获奖》(欧阳德彬)。《深圳商报》同日发表报道《薛忆沩凭〈深圳人〉获国际文学节大奖》(刘悠扬)。

5月 《晶报》(3日)发表特约专题报道《蒙特利尔的"深圳"之夜》(陆蔚青)。

《薛忆沩在蒙特利尔文学节获殊荣》,《文学教育》第5期。

加拿大第一法语大报 *Le Devoir*(《责任》)以头版推出对薛忆沩的访谈。

7月 《羊城晚报》(2日)刊出特写《〈深圳人〉如何"东成西就"》(陈润庭)。

《文学报》(27日)刊出关于"深圳人"系列小说集英译本的访谈《薛忆沩:品质取决于原著和译本之间的"角力"》(袁欢、郑周明)。

8月 "深圳人"系列小说集更名为《深圳人》,由华东师范大学出版社再版。

《晶报》(26日)刊出《回归母语的〈深圳人〉》(薛忆沩)。

9月　《中华读书报》(13日)发表书评《〈深圳人〉:面对卑微的生命》(冯科臣)。

《深圳商报》(17日)刊出访谈《"我有再写一部〈深圳人〉的冲动"》(刘悠扬)。

Montreal Review of Books(《蒙特利尔书评》)以薛忆沩作为其"20年纪念专辑"封面人物。

10月　"深圳人"系列小说集法译本 *Les Gens de Shenzhen* 由蒙特利尔 Editions Marchand de Feuilles(纸商出版社)出版,获 Le Devoir(《责任》)最高四星级评价推荐。

11月　《羊城晚报》(12日)发表书评《〈深圳人〉:城市里面的城市》(冯科臣)。

"深港书评"(25日)发表访谈《薛忆沩:好作品才是好作者的真实身份》(伍岭)。

2018年

5月　新西兰第一大报 *Herald*(《先驱报》)中文版(30日)以头版推出对薛忆沩的访谈。而报纸的英文版已经在四月底提前发表对薛忆沩与其他三位应邀参加奥克兰作家节同行的访谈。本届奥克兰作家节以及稍前举行的悉尼文学节都有关于《深圳人》的专题活动。

6月 访谈作品集《以文学的名义》由华东师范大学出版社出版,其中包括多篇与《深圳人》相关的访谈。

11月 《深圳人》入选由深圳市社会科学院和深圳图书馆联合主办"40年·40本——记录深圳"书榜。

2019 年

1月 "深圳人"系列小说《母亲》获《作家》杂志"金短篇奖"。

7月 "薛忆沩文学三十年"作品精选集(两卷本)由后浪图书公司推出。"虚构卷"收录"深圳人"系列小说两篇(《出租车司机》《小贩》)。

10月 短篇小说《出租车司机》入选《中华人民共和国成立70周年优秀文学作品精选·短篇小说卷》(贺绍俊主编),北京十月文艺出版社出版,以及蒙古文版《70周年70位作家70篇小说》,蒙古国驻华使馆联合中央广播电视总台翻译和出版。

2020 年

3 月 四十万字的长篇小说《"李尔王"与 1979》开始在《作家》杂志分三期连载。

8 月 《"李尔王"与 1979》获"中山文学奖"大奖。

11 月 "深圳人"系列小说《出租车司机》及《同居者》入选《深圳新文学大系:新都市文学卷》(李杨主编),海天出版社。

2021 年

1 月 《突然显现出来的世界——薛忆沩作品评论集》(贺江主编)由广西师范大学出版社出版,其中收录多篇关于"深圳人"系列小说的评论。

6 月 《作家》杂志第六期刊出第一篇"故乡"系列小说,标志着薛忆沩中断八年的短篇小说创作重新起步。

2022 年

1 月 《作家》杂志刊出第二篇"故乡"系列小说《海燕》。

3 月 《希拉里、密和、我》英译本由多伦多 Dundurn(丹顿出版社)出版。

美国 *Chinese Literature Today*（《今日中国文学》）杂志推出 42 页的专题"Xue Yiwei：the Maverick and Philosophical Writer"。内容包括访谈、评论及作品。"深圳人"系列小说英译本遗漏两篇作品之一的《女秘书》首次亮相。

11 月　美国 *LA Review of Books Quarterly*《洛杉矶书评季刊》热情推出薛忆沩短篇小说"Station For Two"（经过重写的短篇小说《两个人的车站》英译本）。

2023 年

1 月　短篇小说《出租车司机》入选中国百年短篇小说精选本《50：伟大的中国短篇小说》（果麦），花城出版社。

3 月　《作家》杂志刊出第三篇"故乡"系列小说《初恋》。

6 月　"深港书评"（11 日）发表《开进文学史的"出租车"》（薛忆沩），介绍短篇小说《出租车司机》的传奇经历。

8 月　《作家》杂志推出薛忆沩"文学三十五年"专题。

"深港书评"（10 日）发表《〈作家〉的作家》（薛忆沩），回顾"三十五年文学缘"。

9 月　《爱你》杂志推出关于薛忆沩文学三十五年的"名家"

专栏。

10 月　美国《红杉林》杂志秋季号推出"薛忆沩文学 35 年专辑"。

11 月　华东师范大学出版社推出"深圳人"系列小说集十年纪念版《深圳人》。

附录一：《深圳人》单篇作品发表和转载情况（以首发时间先后排序）

1.《出租车司机》

初写版

1997 年　《人民文学》杂志第 10 期。

2000 年　香港《纯文学》杂志复刊第 5 期/《天涯》杂志第 5 期/《中华文学选刊》杂志第 11 期。

2001 年　《小说选刊》杂志第 1 期/《新华文摘》杂志第 2 期/《读者》杂志第 3 期/美国《今天》杂志冬季号"薛忆沩作品专辑"。

2003 年　天涯精品系列丛书·小说卷《能在天堂走多远》（韩少功、蒋子丹主编），云南人民出版社。

2004 年　《出租车司机之家》杂志第 11 期。

2006 年　小说集《流动的房间》,花城出版社。

2010 年　《深圳读本》(姜威主编),海天出版社。

2011 年　《2000 中国年度最佳短篇小说》(中国作家协会《小说选刊》选编),漓江出版社/《职业人文读本》(张克主编),广西师范大学出版社。

2012 年　《21 世纪中国最佳短篇小说 2000—2011》(贺绍俊主编),贵州人民出版社。

2014 年　创刊三十三年之精华《灵魂的马车驶上高坡》(《读者》杂志社编),新星出版社。

2015 年　《蝴蝶发笑》(《天涯》人文精品丛书/孔见、王雁翎主编),当代中国出版社。

重写版

2012 年　《晶报》(人文正刊),3 月 20 日—3 月 21 日/《中间代·代表作》(磨铁公司编),北京联合出版公司/Pathlight(《人民文学》英文版)第三辑(李敬泽主编),译者 Ken Liu(刘宇昆),外文出版社/中国台湾《新地文学》杂志(总 20 期)。

2013 年　小说集《流动的房间》新版,上海文艺出版社/《中外书摘》杂志第 11 期。

2014 年　意大利使馆文化处"意中文学研讨会"资料（中意双语），译者 Patrizia Liberati（帕特里齐娅·利贝拉蒂）。

2016 年　小说集《与狂风一起旅行》，三联书店/Shenzheners（"深圳人"系列小说英译本），译者 Darryl Sterk（石岱仑），出版 Linda Leith Publishing（琳达·丽丝出版社）。

2017 年　Les Gens de Shenzhen（"深圳人"系列小说法译本），译者 Michele Plomer 米谢勒·普洛默，出版 Editions Marchand de Feuilles（纸商出版社）。

2018 年　小说集《流动的房间》新版第二版，人民文学出版社。

2019 年　《中华人民共和国成立 70 周年优秀文学作品精选·短篇小说卷》（贺绍俊主编），北京十月文艺出版社/《70 周年 70 位作家 70 篇小说》（蒙古文版），蒙古国驻华使馆联合中央广播电视总台翻译和出版/"文学三十年作品集"虚构卷《被选中的摄影师》（后浪出版公司编），北京联合出版公司。

2020 年　《深圳新文学大系：新都市文学卷》（李杨主编），海天出版社。

2023 年　中国短篇小说百年精选本《50：伟大的中国短篇

小说》(果麦编),花城出版社/《作家》杂志第 8 期/《爱你》杂志第 9 期。

2.《女秘书》

初写版

2005 年　《晶报》8 月 14 日。

重写版

2011 年　《新世纪周刊》第 6 期。

2012 年　《2011 年中国最佳短篇小说》(林建法主编),辽宁人民出版社。

2021 年　美国《今日中国文学》(CLT)杂志第 2 期,译者 Stephen Nashef(施笛闻)。

3.《物理老师》

2006 年　《花城》第 3 期。

2007 年　《2006 年中国小说》,北京大学出版社。

2013 年　《潇湘晨报周刊》4 月 10 日。

4.《同居者》

初写版

2007 年 《花城》第 3 期。

2008 年 《2007 中国短篇小说年选》(洪治纲编选),花城出版社 1 月/《北京文学·中篇小说月报》第 4 期/《北京文学选刊》第 4 期/《语文教学与研究》第 26 期。

重写版

2012 年 《作家》第 5 期。

2013 年 《2012 中国短篇小说年选》(中国小说学会主编),花城出版社。

2020 年 《深圳新文学大系:新都市文学卷》(李杨主编),海天出版社。

5.《母亲》

2010 年 《花城》第 3 期/《中华文学选刊》第 8 期。

2011 年 《2010 年中国最佳短篇小说》(林建法主编),辽宁人民出版社/《2010 中国短篇小说年选》(中国小说学会主编),花城出版社。

2012 年 《2010—2011〈延河〉名家推荐书系·短篇小说卷》（贾平凹主编），中国友谊出版公司。

2017 年 《作家》第 8 期（局部改写）。

6.《文盲》

2012 年 《收获》第 3 期。

7.《"村姑"》

2012 年《花城》第 4 期/《长江文艺选刊》10 月号。

8.《小贩》

2010 年 《时代阅读》9 月（第 97 期）。

2012 年 《百花洲》第 4 期。

2013 年 《中文之美书系：重建》（《百花洲》杂志社编），百花洲文艺出版社，《你啊，极为深邃的允诺》（新世纪文学突围丛书/何锐主编），江苏文艺出版社。

2019 年 《被选中的摄影师》（后浪出版公司编），北京联合出版公司。

9.《父亲》

2012 年　《新世纪周刊》第 41 期。

2016 年　小说集《与狂风一起旅行》，生活·读书·新知三联书店。

10.《剧作家》

2013 年　《花城》第 1 期/《中华文学选刊》第 3 期/《文学教育（上、下旬刊）》第 5 期。

2014 年　《2013 中国短篇小说年选》（中国小说学会主编），花城出版社。

2016 年　小说集《与狂风一起旅行》，生活·读书·新知三联书店。

11.《两姐妹》

2013 年　《人民文学》第 1 期。

2016 年　小说集《与狂风一起旅行》，生活·读书·新知三联书店。

12.《神童》

2013 年 《收获》第 3 期/《作品与争鸣》第 12 期。

2014 年 《2013 中国最佳短篇小说》(林建法主编),辽宁人民出版社/《语文教学与研究》第 11 期。

2016 年 小说集《与狂风一起旅行》,生活·读书·新知三联书店。

附录二:部分学术研究成果"评论部分"(以发表时间为序)

胡传吉:《小说的不忍之心》,《小说评论》2010 年第 3 期;收入《文学的不忍之心》(新世纪文学观察丛书),北岳文艺出版社2017 年 1 月。

马文美:《在沉默中爆发——读经典短篇小说〈计程车司机〉》,《新地文学》2012 年 6 月(总 20 期)。

李昌鹏:《问题的召唤:评薛忆沩的〈剧作家〉》,《文学教育》2013 年第 3 期。

汤达:《薛忆沩的深圳提喻法——论〈出租车司机〉的都市想象》,《深圳大学学报(人文社会科学版)》2014 年第 6 期。

陈庆妃:《看不见的深圳——评薛忆沩"深圳人"系列》,《东吴学术》2014年第6期;收入《"文学城市"与主体建构》(中国城市文学研究读本·地域卷),袁红涛选编,复旦大学出版社2018年6月。

蔡东:《薛忆沩:不断被"发现"的小说家》,收入《深圳文学:生长与展望》(蔡东),海天出版社,2015年1月。

于爱成:《从"深圳人"的生存困境到流散者的叙事迷宫——以〈出租车司机〉〈"村姑"〉〈流动的房间〉为例》,《南方文坛》2015年第3期。

徐刚:《内心的风景》,《文艺报》2015年8月19日。

李珣:《"反城市化"与薛忆沩的存在之思》,北京大学本科毕业论文,2016年5月,指导老师:李杨。

黄丽青:《裹藏下的痛——论薛忆沩"深圳人"系列小说〈出租车司机〉》,《语文学刊》2016年第9期。

江少川:《新兴都市个体生命的心灵史——读薛忆沩"深圳人"系列小说〈出租车司机〉》,《学术评论》2017年第5期。

张衡:《"围城"中的缄默——试论薛忆沩〈深圳人〉中的孤独主题》,《广州广播电视大学学报》2018年第2期。

陈少华:《一个城市的忧伤与优雅》,《读书》2018年第6期。

王珏纯：《城市中的"他者"——浅析薛忆沩的〈出租车司机〉》，《华侨大学报》2018 年 7 月 17 日。

刘洪霞：《逃离一座"城"——以薛忆沩"深圳人"系列为中心》，《东吴学术》2018 年第 6 期；《中国现代、当代文学研究（中国人民大学复印报刊资料）》2019 年第 6 期。

陈润庭：《存在与历史之间——薛忆沩短篇小说论》，《作家》2018 年第 8 期。

叶澜涛：《忧郁与疏离——论薛忆沩的"深圳人"系列小说》，《杭州电子科技大学学报（社会科学版）》，2019 年第 2 期。

周萧易：《历史与现实交织下的个体困境——薛忆沩小说论》，华侨大学硕士论文，2020 年 5 月，指导老师：欧阳光明。

赵改燕：《从〈出租车司机〉看薛忆沩的重写》，《名作欣赏》2020 年第 35 期。

陆璐：《论薛忆沩短篇小说的叙事时间策略——以"深圳人"系列小说为例》，《文化学刊》2020 年第 12 期。

陆璐：《发现现代人的"共同身份"——从文学史角度浅论薛忆沩的都市书写》，《西部学刊》2020 年第 23 期。

李茜：《在现代都市"迷失"的个人》，《龙华文学》2021 年冬季号。

陈悦:《"看不见"的城市——以薛忆沩"深圳人"系列为中心的讨论》,《散文百家》2022年第1期。

宋尚诗:《〈女秘书〉:叙事技术视角下的女性形象分析》,《枣庄学院学报》2022年第1期。

欧阳德彬:《〈深圳人〉与〈都柏林人〉的小说叙事与文学对话——以〈"村姑"〉和〈死者〉为例》,《东吴学术》2022年第3期;《特区文学·深圳评论》总第3期。

袁杭:《怨恨与回归——评薛忆沩〈出租车司机〉》,《特区文学·深圳评论》总第4期。

黄海静:《全球化时代下的移民书写与城市想象——以薛忆沩〈出租车司机〉为中心》,《名作欣赏》2022年第9期。

刘祺琳:《试析城市悖论下的逃离与归来——以薛忆沩〈深圳人〉为中心》,华南师范大学本科毕业论文,2023年6月,指导老师:徐诗颖。

杨邪:《作为社会学标本的一名出租车司机》,《名作欣赏》2023年第8期。